打ち上がるなにか——魔法だろうか——ぽんっ、ぽんっ、と大空で弾けて小さな光と煙が散る。
《——ここはホークヒル。一攫千金を夢見た冒険者たちの、夢を叶えられる場所。
失敗しても命は失わず、ケガすらしない。ここは理想のダンジョンなのです——》
女性の声が、聞こえてきた。
JN225006
ホークヒル
「…………」
「…………」
「…………」
「……なんだこれ?」
その言葉は、すべての
人間の思いを代弁していた。

リオネル
ユウが話し相手として
召喚した知性スケルトン。
ユウには敬っているような、
おちょくっているような
絶妙な距離感で接する。
ユウ
外に出られない転生迷宮主。
会話相手はスケルトンのみの状況を脱すべく、
ダンジョンに多くの冒険者を招こうと志す。
ミリア
金髪に巻き角、紫がかった肌の魔族。
ひょんなことからユウに助けられ、ダンジョン内に
暮らすようになる。

アルス
特級冒険者。
小柄だが魔法も剣も扱う
器用な戦闘スタイルで
階級を上り詰めた、
負けず嫌いな努力家。
ルーカス
商人見習い。
博識な秀才で商才も
十分だが、深読みを
しするのが玉にキズ。
リンダ
赤髪エルフの少女。
ダンジョンを訪れた
ところユウと接触、
以後ユウが（一方的に）
"女神"と崇める。
ロージー
ホークヒルダンジョン最寄りの街にある冒険者
ギルドの調査部所属。
お胸は驚きのサイズ（すごE！）。

すぴーすぴーと寝息を立てて眠っているミリアの頬に、食べかすがついている。
しょうがねーヤツだな……いきなり転がり込んできて、食い散らかして。
俺はミリアの頬についていた食べかすを、親指の腹で拭ってやった——ときだった。
ボス。この子なんですけど、さっき運んできたスケルトンたちから報告があって……。
ん？ ただの魔族じゃないって？

ダンジョンのUX、改善します!
三上康明
01
イラスト ひと和

Contents

プロローグ

「ではここに！　迷宮お披露目式はっじまっるよ〜〜〜！」

俺が岩でできた壇にのぼって両手を広げる。唯一の着衣であるボロボロの黒いローブをバッと広げたのだ。

目の前にいるのは白骨――スケルトンたち。こいつらは迷宮主《ダンジョンマスター》である俺が魔力を使って召喚した連中である。

で、骨たちは「は？」みたいな顔をしたあとに、まばらな拍手。ぱちぱちぱち、って鳴らないのな。かちゃかちゃかちゃ、って鳴る。しょぼい。

「ほんとにやるんです？」

と聞いたのは、この中で唯一しゃべれる骨であるリオネルである。しゃべる以外はほかの骨とまったく変わらない、歩く白骨である。

「ほんとにやるんだよ」

「ほんとのほんとに？」

「ほんとのほんとに決まってんだろ」

「はあ……」

俺がやろうとしていることはずばり、「迷宮を一般に開放すること」、だ。

迷宮があるじゃん？　冒険者がやってくるじゃん？　俺たちが倒すじゃん？　冒険者の荷物を奪うじゃん？

「いいじゃん！」

「そんなにうまく行きますかねえ……」

人差し指をアゴに当てて小首をかしげるリオネル。かわいくねーから。それ美少女がやらなきゃダメなやつだから。

「よし、そんじゃあ配置に散れッ！」

俺が指示を出すとスケルトンたちは散っていった。

ここは街から結構離れた山のなか。アリの巣のように俺の迷宮が張り巡らせてある。

前世は日本人、現世は迷宮主。そしてここは謎のファンタジー世界。

意味がわからんよな？

大丈夫、俺がいちばんわかってない。なんなら日本人であったときの記憶もあやふや。

「監視チーム！　乗合馬車のルートは⁉」

監視チームはスケルトン五名だ。

迷宮内の遠い場所にいるが、伝声管を使えば声を飛ばせる。

で、監視チームはこの山の高所に設置した監視部屋にいる。

俺がダンジョンを造ったこの山はちょっと変わった形をしている。西側に街がうっすらと見えるんだけど、そこに至るまで鬱蒼《うっそう》とした森が広がっている。その森が、はたと途切れるのが断崖絶壁のあるところ――つまり俺がいるこのダンジョンの山なんだ。この山は結構デカくて、数キロ東まで永く伸びている。

で、その崖なんだけど、崖に沿って街道が造られている。

崖の下に街道なんて造っちゃったら落石が危なくない？　と俺なんかは思うんだけど、崖は自体は横に二〇〇メートルくらいしかないので、「街道が延びていった先にたまたま崖があった」みたいな感じになっている。

監視部屋はその崖の高さ三〇メートルくらいのところにある。監視窓があって、西日が射《さ》すとまぶしいけど、今は真昼だ。ここにスケルトンを五体配置している。

迷宮主である俺は意識を集中する……と、スケルトンの四人が立って、一人が座っているのがわかる。

迷宮のどこにモンスターがいて、どんな状況なのか把握できるのは迷宮主の機能だ。ほんと便利。

五人のうち四人が立っているということは、監視部屋まで、馬車はあと四〇〇メートルの距離ということになる。

俺はリオネルとともにじっと待つ。監視部屋にいる次のスケルトンが座る。

あと三〇〇メートルの合図だ。

じりじりする。

俺の迷宮を一般に公開するまで、あともう少し。

思えば長かったな。ぼんやりと日本にいた記憶はあった俺が、迷宮主として歩み出してからここまで。

洞窟に一人目覚め。

洞窟で迷宮魔法なんてものを扱いはじめ。

腹が減って飯を食いたくなっても食えるものなんてなく、それすら迷宮魔法の「空腹無視《カロリーゲイン》」なんてものでごまかした。

残り二〇〇メートル。

迷宮は十分拡張した。このデカい山を貫通するほどには。

そこまで迷宮を広げ、迷宮魔法を使う魔力もたっぷり手に入れた俺が次に手を出したのは、「話し相手」の召喚だったりする。

それが、リオネルという――召喚主の俺を敬ってるんだかおちょくってるんだかわからない知性スケルトンが出てくる結果にはなったのだけど。

リオネルが悪いわけじゃない。

だけどな。俺はさ。そろそろさ……。

「人と話してぇのよ。人の食うものを食いてえのよ！」

残り一〇〇メートル――。

「ボス、なんか言いました？」

「はっきりくっきりデカい声で言ったけど、なんでお前聞かなかったフリすんの？」

骨たちだけを相手にする孤独な生活もそろそろ終わりだ。

「よし、そろそろ行けっ！」

俺はスケルトンたちに合図する。

街道に面した洞窟の入口にいたのは十体のスケルトン。連中が一斉に群がったのは巨大な岩で、こいつが迷宮の入口を塞いでいた。

スケルトンが運んできたものなので、スケルトンの手で倒すことができる。

ぐらりと揺れた岩は、やがて街道側へと――倒れた。

ばったーん、という音とともに震動が伝わってくる。もうもうと土煙が上がり、洞窟内に光が射し込む。

すぐそこは街道だ。あと数十メートルという距離に馬車が来ている。顔を出せば馬車にいる人たちの顔がはっきりと見えるだろう。見たい。でもその欲望を押し殺す――こっちが見えるということは向こうも見えるということ。俺の姿は見られないに越したことはない。なんでかって？

だって迷宮主だよ？　キモいじゃん……（号泣）。

「配置につけッ！」

がしゃがしゃと走り回るスケルトンたちを見ながら、俺はリオネルといっしょに迷宮の奥へと逃げ込む。

ダンジョンを公開して外から人を呼び込む作戦だが、ここで公開するのは、あくまでもダミーである。

「潜伏《サブマリン》！」

「あっ、ボスずるい！」

迷宮魔法「潜伏《サブマリン》」は迷宮の壁面に潜り込めるという効果がある。ただし深くは無理で、一メートル程度まで。

潜った先には別の通路がある。その先で「潜伏《サブマリン》」を使う。こうすることで、うねっている通路をショートカットして進むのだ。実際に歩いたら、俺がさっきいた場所からダミー迷宮の入口までは通路をぐるっと回って三時間くらいかかる。

なんでこんなことをするのかと言えば、仮にダミーダンジョンの奥に本物のダンジョンがあるとバレても、通路で時間稼ぎできるからだ。

そんな俺は、

「どうだ？」

監視部屋にやってきた。

階段を駆け上がったせいで息は切れた。

スケルトンが五人、座っている。

スケルトンたちはカチカチカチカチと歯を鳴らすだけだった。そうだった。リオネルがいなきゃ
俺はこいつらと意思疎通ができないんだわ。

じゃ、直接見るしかないな。

監視部屋の監視窓に身を乗り出す——うおっ、高いな。

真下の街道がよく見える。

街道をずっといくと鬱蒼とした森が切れて草原になる。草原の先は——街だ。城壁があって、城っぽい尖塔《せんとう》も見えている。

ああ、街。

人がいるんだろうなあ。

俺、そろそろ人と話したいよ……。

「ってそれはいいんだ」

俺は首を出して見下ろす。

ちょうど真下に乗合馬車が停まっていた。

人が小さい。顔色はなんとかわかるが、声は聞こえない。

乗合馬車の御者が、冒険者と話している――革製の鎧とか、鎖帷子《チェーンメイル》とか着込んでるから冒険者、でいいよな？　その数人が倒れた岩を確認しにいった。よしよし、予定どおりだ。入る？　入っちゃう？　迷宮だよ？　入っちゃえば？

俺が念じていると、冒険者の一人がいきなりこっちを見た。

「ひぇっ⁉」

俺は頭を引っ込めた。

「……バレた？　バレてないよな？」

スケルトンを見ると、連中は人差し指をアゴに当てて小首をかしげるだけだ。なにそれ。流行《はや》ってるの？

バレてない……はず、と思って俺はもう一度そろそろと顔を出す。ふむ。やはりバレてはいないようだ。さっきこっちを見上げた冒険者は御者と話し込んでいる。

「おおっ」

冒険者が五人、馬車から出てきた。そして迷宮に入っていく。

「きたきたきたーっ！」

俺は迷宮に意識を集中する。来た。来たぞ。迷宮内に五人が入ってきた。ただ俺が迷宮内で把握できる動きは……なんていうのかな、白黒写真的というか、サーモグラフィ的というか。輪郭と状態みたいなのがわかるくらいなんだよな。

両手剣を持った男、ナイフを持った男、斧《おの》を持った女、魔法使いっぽいのが二名。

そろりそろりと迷宮内を探索し始《はじ》めている。

……あれ、なんだろう、この感覚。

むずむずする。なんか、うれしい……楽しい……？　喜びっていうのか？　なんか込み上げてくるものがある。

調べてるかい、冒険者たち。俺は苦労したんだよ。入口周辺を石畳にしてさ、壁も石壁、もちろん天井もな。植物を這《は》わせる能力みたいなのはないから、土で汚してみたりしてさ。いわゆる「ダンジョンらしさ」を演出したんだ。

で、棺桶《かんおけ》ですよ。彼らが進んでいく先――最初の広間に用意した、壁面にずらりと並ぶ石棺。そこにスケルトンたちが十五体いる。迷宮魔法の「製造精霊《クラフトスピリット》」で石剣、石盾を用意した。金属材料は足りなかったし、石鎧とか石兜《いしかぶと》は装備させたら骨が重量に耐えきれずその場にバラバラになっちゃったのであきらめたんだけど。

「来い、来い、来いっ……あと少し……！」

迷宮を冒険者たちが進んでいく――。

「来た――」

「もうひどいっすよボス！　先に行っちゃうなんて！」

「え？」

監視部屋にやってきたのはリオネルだ。

「……あれ？　なんでこんな早く来られるんだ？」

ここまで三時間くらいかかる設計なんだが。

「いや、そりゃもうダッシュしましたし」

「お前がダッシュしたところで知れてるだろ」

「魔法も少々使いました」

「お前魔法使えるのかよ」

「ええ、ええ。迷宮魔法ほど面白くはありませんけどね」

「そうなんだ――じゃなかった。それなら設計し直しだろうが！　こんなに早く入ってこられるんならもっと通路を遠くしなくちゃだろ!?」

「いやいや。私なんかは道順わかってますし、トラップがないこともわかってますし、警戒する必要ないですからね。実際に初見で歩いたらどんなに早くても一時間はかかりますよ」

「それもそうか。いや、一時間でも短いけどな」

「まったくボスったら、早とちり～」

「あっはっは」

「あははは」

「じゃねえよボケ！」

「ふぇっ⁉」

のんびり話してる場合じゃなかった。冒険者だよ、冒険者！

「……え？」

俺は言葉を失った。

冒険者たちは——もう、とっくに引き上げていたのだ。


「マジかよ……」

棺桶部屋へやってきた俺は、思わずつぶやいた。

そこにあったのは骨の山。砕かれ、割られ、焦がされた骨たち。

もう、動くことはない。

全滅だ。

「ああ……石装備じゃやっぱりダメだったみたいですねえ」

「おい、リオネル……『やっぱり』ってなんだよ？」

「スケルトンはそんなに強いモンスターじゃありませんし」

「先に言えよッ！　そういうことは‼　そのせいで……俺の見込み違いのせいで、こいつらは
……！」

スケルトンを使って冒険者たちを追い払い、彼らの荷物のなかにある人間向けの食料をちょっ

ぴりいただきたいというのが今回の迷宮公開の目的だった。

なんてことはない、俺の食欲を満たしたいというだけのくだらない計画だ。

それなのに――骨たちが犠牲になっちまった。

「ど、どうしたんですか、ボス。目に涙まで浮かべて」

「泣いてねえよ！　殺されたこいつらのこと考えて、ムカついてるだけだ！」

「ボス……」

どこかしょんぼりした顔に見えるリオネルが、言った。

「……もともと死んでますけどね」

言うと思った。こいつはそういう男だ。

「まあちょっとは痛い思いをしたかもしれませんが、ボスがゴメンって言えば大丈夫ですよ」

「ゴメンって言えるなら言いてえよ。でももう、動かない……」

「それは……」

魔力切れてますしね、とリオネルが言った。

「……魔力？」

「壊されたってことは活動限界ってことですよ。毎日やっていただいてるみたいに魔力をブスーッと注入すれば大丈夫です」

「…………」

半信半疑の俺が魔力を送り込むと、十五体のスケルトンがわらわらわらと起き上がった。

「…………」

「おーい、お前たち、ボスからお話があるようだ。さっ、ボスどうぞ」

「…………」

なんだよこれ。あっという間に生き返ってるじゃねえかよ。いや死んではいるんだけど。

「なんかその……」

え？　なにこれ、俺はこいつらになにを言えばいいの？

「えっと、その……すまん。次はもうちょっとうまくやるわ」

きょとん、とした顔でよく理解できてないスケルトンたちは、人差し指をアゴに当てて小首をかしげた。いい加減にしろ。

第一章

出会いは突然起きるものだが心臓に悪いものでもある

「空間精製《リムーブ》」

俺が念じると目の前、横二メートル、高さ二メートル、奥行き一〇メートルほどの空間が消失する。スパッと空間だけ消え去ったかのように消えてしまう。真っ暗だとかそういうことは心配する必要はない、ここはダンジョンで俺は迷宮主なので、光がなくともすべて見えている。

すると五メートルほど向こうでプシャーッと水が噴き出した。

「空間復元《リロード》」

そう念じると空間はすぐに元に戻った。

これが、迷宮魔法である。空間を切り取り、元に戻すというのが基本である。

「うーん……これくらい深いと地下水が出てきちゃうのか。下限はここかもしれんな……」

「平面整地《ローラー》」

念じると、俺が立っている周囲の地面が平らで固くなる。

これも迷宮魔法だ。

岩盤ならば切ったら切ったままでおいておけばいいのだけれど、土や、岩同士がぶつかり崩れている場所は固めておかないと後々不安だ。
「平面整地《ローラー》。平面整地《ローラー》。平面整地《ローラー》。平面整地《ローラー》。平面整地《ローラー》地。平面整地《ローラー》。平面整地《ローラー》。平面整地《ローラー》。平面整地《ローラー》。平面整地《ローラー》。平面整地《ローラー》。平面整地《ローラー》。平面整地《ローラー》。平面整地《ローラー》。平面整地《ローラー》。平面整地《ローラー》。平面整地《ローラー》。平面整地《ローラー》。平面整地《ローラー》。平面整地《ローラー》。平面整地《ローラー》。平面整地《ローラー》。平面整地《ローラー》。平面整地《ローラー》……」

俺は迷宮魔法を使いまくる。空間精製《リムーブ》と違って、平面整地《ローラー》は一定の範囲しか消せないので歩きながら整地していくしかない。壁もついでに固めていく。

考え事しながらやるにはいいだろう。

迷宮公開は失敗した。人と出会い、まともな飯にありつこうという俺のアイディアは失敗したのである。

……うん、まぁ、冷静に考えると「スケルトン使って襲わせるぜ！　ヒャッハー！」って、ちょっとヤバい発想だよな。襲われる側からしたらトラウマものだ。スケルトンにも痛い思いをさせちゃったし、もうちょっと考えよう……。

「だいぶ長いこと、人間と話してないから人恋しくなったのかなぁ……どう思う？　カヨちゃん」

《…………》

「これくらい話してくれてもいいじゃん！　だって俺が迷宮主として精神を保っていられるかどうかの瀬戸際なんだよ！」

《正確には迷宮主ではなく中級迷宮主《インターミディエートダンジョンマスター》です》

俺の脳裏に聞こえてきたのは若い女性の声だった。話し方に感情はこもっていないし、迷宮主に関することしか話してくれないけども、女性の声だ。

一応言っておくけど、イマジナリーフレンド的な想像の産物じゃないからね？　寂しさのあまりに聞こえて来た女の子の声とかじゃないからね？

カヨちゃんの声は俺がこの世界に目覚めたときから頭の中で聞こえていたんだ。

迷宮魔法の使い方を教えてくれたのもカヨちゃんだ。

最初、空間精製《リムーブ》で一メートル立方の空間を作るくらいで息切れしていた俺。迷宮魔法にどれくらい魔力が必要なのかわからなくて、「一メートル立方の空間精製《リムーブ》で消費する魔力をＭＰ１としよう」と俺が決めると、それに従って助言をしてくれるようになった。

一応、こちらの世界ではメートルなんて単位はないしキログラムもないんだけど、度量衡を合わせていると俺の頭が混乱するので日本での常識に合わせることにしたら、カヨちゃんも適応してくれた。

マジでありがたい。

カヨちゃんがいなかったらマジで詰んでた。

で、なんで「カヨちゃん」なのかっていうと、これはわからん。なんか「あ、この声、カヨちゃんだな～」って思ったんだよな。

自分の名前も、どんな暮らしをしていたかも覚えていないし、日本にいたことしか覚えてない俺だけど、カヨちゃんはカヨちゃんだってピンときたわけ。

「これって運命かな？」

《………》

「カヨちゃんの機能って迷宮主の運命なのでは？」

無視されたので言い直した。

《迷宮主にカヨちゃんという機能はなく、また偶然性を左右する機能もありません》

迷宮主に絡めると答えてくれるカヨちゃんが優しい。

「――ボス、ボス～？　なにしてんですか、こんなところで……って、うおっ⁉　めちゃくちゃ広い⁉」

ここにつながる階段を降りてきたリオネルが驚いている。アゴがあんぐりして外れそうになっているあたり、「驚いたフリ」だってことがわかる。いやほんと、こいつ俺のことナメてるんだよなぁ。

まぁ、広いは広いけどね。

体育館が四つ入るくらいのスペースはあるからね。

上も吹き抜けていてめちゃくちゃ天井が高い。

「ボス……迷宮公開でしくじったもんだから、空間を拡張することに逃避しちゃって……」

「逃避してねーわ。ここは後で使うんだよ」

「後で？」

「まあ……たぶん？　一度戻るか」

俺はリオネルの前に立って歩き出す。

そうして、今使える迷宮魔法を思い出し、計画を再度練り直していく――。

■■■■■■■

中級迷宮主《インターミディエートダンジョンマスター》　ＭＰ：１１８万

【消費魔力１】
空間精製《リムーブ》　空間復元《リロード》　平面整地《ローラー》
空間分解《ディスマントル》
≫一立方メートルごと・空間精製《リムーブ》によって亜空間に収納された質量に対して行使可能。任意の成分を抽出できる
空間抽斗《ドロワー》

≫一立方メートルごと・空間分解によって精製された物質を引き出す
初級成形《クレイマジック》
≫土や石を想像どおりに成形することができる
被覆《カバー》
≫一立方メートルごと・迷宮の対象範囲を広げる
生体吸収《アブソープション》
≫迷宮内の死亡した生き物を吸収して魔力に転換する

【消費魔力10】
空腹無視《カロリーゲイン》
≫魔力を生命エネルギー（カロリー・栄養）に転換し、満腹中枢を刺激する
潜伏《サブマリン》
≫一歩ごと・迷宮の外周に潜って移動ができる

【消費魔力5万】
緊急避難《ラストレフュージ》

≫迷宮の一部に紛れることで完璧に気配を消すことができる

【消費魔力50万】

進化《エボリューション》

≫迷宮主から中級迷宮主《インターミディエートダンジョンマスター》になることができる

【中級迷宮魔法】

製造精霊《クラフトスピリット》

≫紡績、冶金、裁縫、トラップ製造などを行う精霊使役が可能となり、使役の難易度、規模によって消費魔力が変わる

中級成形《リイス》

≫金属を想像どおりに成形することができる。消費魔力は初級の千倍

高速移動《ファストムーブ》

≫迷宮内ならどの地点にも超速で移動可能。消費魔力は100万

【召喚《サモン》モンスター】
4　バット
6　スライム
20　スネーク
50　ゴブリン
100　ホブゴブリン
400　知性スライム（しゃべれない）
1000　スケルトン、知性ゴブリン
2000　知性ホブゴブリン
1万　知性スケルトン

【未解放　250万】
魔導創造《マジッククリエイション》ゴーレム
≫未解放のため詳細不明

【未解放　1000万】
迷宮占領《オキュペーション》、迷宮同盟《アライアンス》、迷宮降伏《サレンダー》
≫未解放のため詳細不明

【未解放】

≫二次進化

■■■■■■

迷宮公開に失敗してから再度迷宮を整備していると、徐々に魔力の上限が増えていった。大体、ぶっ倒れるくらい魔力を使いまくってぶっ倒れて寝ると一割弱増えるんだ。結果、俺は「高速移動《ファストムーブ》」を覚えた。一回使うと魔力がすっからかんになっちゃうけどな。

それでもこの魔法は重宝する。

「あー……どうすっかな」

俺の目の前には、小さな洞窟の入口がある。まあ俺は洞窟の内側にいるんだけど。

その向こうには手つかずの森が広がっていて、入口にはツタがぶら下がっている。

つい五秒前までリオネルといっしょだったけど、今は「高速移動《ファストムーブ》」によってここにいるというわけだ。

どれくらい離れたかって？

徒歩で五日の距離だ。

リオネルからすると、超絶巨大なアリの巣のようになっているダンジョンで、俺がどこにいるかを把握する術《すべ》はないので（俺はわかるけどな、迷宮主だし）、一人になるにはもってこいの魔法ってわけ。

「……やっぱここ、落ち着くな」

半年くらい前、俺が目覚めたのがこの小さな洞窟だ。デカめのクマが冬眠に使っていたような大きさで、奥行きは一〇メートルほどしかない。

俺が羽織っているこのぼろぼろのローブを見つけたのもここだった。持ち主は白骨死体だったし、「生体吸収《アブソープション》」の魔法も反応しなかったので丁重に埋葬し、ローブだけはいただいた……俺、すっぽんぽんだったからね。それくらいは許してほしいね。

この洞窟は今も残してある。で、俺のダンジョンの一部である。もしも迷える森の熊さんとか来ちゃったら大変困るので、一応ここは一〇メートルで行き止まりになっているという体を装っている。最奥の壁には通気孔があって、その先には整備されたダンジョンが広がっているのだ。通気孔でもなんでも、空間がつながっていればダンジョンとして認識される。

昔懐かしの我が家という感じがある。

最初のMPは10しかなかったっけ。毎日しこしこ上限を増やしていった結果、50万を超えて中級迷宮主《インターミディエートダンジョンマスター》に進化して、イケるじゃんって勘違いして迷宮公開に失敗して今に至る。

「はー……こうして見ると、外なんてすぐそこにあるんだけどなぁ」

俺はゆっくりと前へ進む。のれんのように垂れ下がっているツタを腕で押しのけて洞窟の外に出る――瞬間、

「ッ⁉」

すさまじい力が俺の身体を弾き飛ばし、迷宮内部へと俺を押し戻す。三メートルくらい飛んだ俺の身体は地面をバウンドしてごろごろごろっと転がっていく。

「っくう～……いでぇ……」

《迷宮主は迷宮から出ることができません》

ほんのちょっとだけ呆《あき》れたような口調でカヨちゃんが言う。いやまぁ、知ってるんだよ。実際、ここで目が覚めたその日に俺は外に出ようと挑戦して同じ目に遭い、その五日後と十日後にもやってみて同じ目に遭った。

迷宮主は外には出られない。

初歩中の初歩だ。

それを俺は――なんでかわからんけど再確認したくなったのかもしれん。

「……こんな思いをしなきゃわからないんだから、俺はバカだな……」

身体のあちこちがジンジンするが、迷宮は俺の身体の一部みたいなものなのでここでバウンドしてもそこまで痛くはなかったりする。

「…………」

壁に背中をもたせて俺はベタ座りしている。

改めて俺は考えた。

俺はこの世界でなにをするべきか。勢いで迷宮を公開したけど、あれだって目的は一応あった
――この世界の食い物を食ってみたかった。この世界の人と話してみたかった。あとできればかわいい女の子とかとお近づきになりたかった。

そ、それくらい、いいよね⁉

日本にいたときに俺がどんな人生送ってたかは覚えてないんだけど、どう考えても彼女とか結婚とか無縁だった気がするんだわ……じゃなきゃ孤独の解消手段が骨と話すしかない迷宮主になんて転生するはずがないんだわ。

とはいえ、ダンジョンである。

俺の特徴にして、弱点にして、最大の武器。

ダンジョンの公開には失敗した。

確かに、失敗はした。

だけど、次はもっといいダンジョンを創ればいい。そういうことなんじゃなかろうか。

これはアプリやWEBサービスと同じなんだ。

失敗してナンボ。プロダクトマーケットフィット――製品がユーザーに受け入れられるまで、何度だって繰り返せばいい。俺にはダンジョンしかないのだから。

だけど。ユーザーをなめてはいけない。連中はいつもこちらの斜め上の振る舞いをする。いやほんとマジでなんでそのボタンを一秒間に千回クリックするマクロ組んだんだ、お前？

ユーザーのことを考えよう。モデルとする人物像……二十歳前後、血気盛んな冒険者。仲間とパーティーを組んでいるが、命を賭けて仲間を守るほどの信頼関係はできていない。楽しみは訪れた街の娼館《しょうかん》。女を買うこと。クソ、うらやましい……じゃなかった。そういう人物像。

これをマーケティング業界では「ペルソナ」と言う。

本当はもっと掘り下げるので、俺はここからさらに詳細な条件を設定していく。生まれは農村。バックグラウンドは……装備品は……食事の嗜好《しこう》は……。

代表的なユーザー像というわけだ。

実際には間違っていても構わない。訪問者の様子を実際に確認し、修正していけばいいからだ。

そしてその人物が迷宮を訪れ、どんな体験をし、なにを達成すれば「成功」なのか。

「ユーザーストーリー」を考える。

ようは、今俺がなすべきアプリやWEBサービス――じゃねえ、ダンジョンの改修に当たっての指針とするのである。

何度も試行して少しずつコンバージョン、達成率を上げていく。

同様にダンジョンだって何度公開したっていいはずだ。

俺はユーザーに提供する体験をアップデートし、改善していけばいい。幸い、魔力なら使い切っても寝れば回復する。

「……ん？」

それにしてもなんで俺、そんなにアプリやらWEBサービスのことに詳しいんだろうか。

「前世で、そういう仕事をしてたのかな……」

ぼんやりふわふわしている記憶をつかもうとすると、あとちょっとでわかりそうなのに、消えてしまう。

「……ま、いいか。そのうち思い出すだろ」

俺には、やるべきことができた。

「ダンジョンのユーザー体験《UX》を改善するんだ……何度だってトライすればいい」

「ゆーえっくす、ってなに？」

「え？　ああ……UXってのはユーザーエクスペリエンス、つまりユーザー体験の略なんだ。サービスの本質と言ってもいいかな。つまりさ、食事処《しょくじどころ》ってあるじゃない？　あそこは腹が空いた客に飯を出しているわけだけど、客は空腹を満たすという『目的』を果たしつつ、そこの飯が美味いかどうかという『体験』もしているわけだ。飯が美味ければその店をリピートするし、マズかったらもう二度と行かない。サービスの大枠としては食事の提供があって、実は本質は美味い飯を食うというところが体験になっている」

「へぇー」

「体験ってのがキモでな、飯が美味ければいいってわけじゃない。たとえば店構え、店内が清潔かどうか、食事の提供が早いかどうか、店主や店員の雰囲気はどうか……」

夢中になって話しながら、俺は気づいた。

……俺、誰に話してるん？

「面白いね。それで？」

「…………」

「？」

俺は、目をまん丸にしてそこを見た。

洞窟の入口に、いたのだ――一人の少女が。

赤い髪は短髪で、無造作に切られている。

目も赤い。肌の色は白っぽい。背中に弓と矢筒を背負っているあたり狩人なのだろうけれど、狩人にしては肌が白すぎるんじゃないだろうか。

だぶついた服の上からでもわかる。胸が大きい。すんばらしい。ショートパンツからはむっちりとした太ももが伸びている。すばらしい。足元は動物の革を使ったのだろう､靴を履いている。

俺は一瞬、心臓が止まったかと思った。

次の瞬間、心臓の鼓動が早くなる。

とにかく俺は思ったんだ——かわいい。

かわいすぎる。

推しのアイドルと出会った瞬間ってこんな感じなんだろうか。一瞬で俺は沼に落ちたのを感じた。恋に落ちたなんて言わない。彼女のたたずまいに、素朴で、清らかなものを感じたのだ。

彼女は、パチリとした愛くるしい目をぱちぱちと瞬かせた。

「その先は?」

声すらかわいい。俺の耳が孕《はら》むかと思った。

「……へ?」

「食事処のご飯の話」

「そ、そそそそんな、むむむ無理ぃぃぃぃっ!」

「え」

俺は「緊急避難《ラストレフュージ》」を発動した。消費MP5万のこの魔法が発動するや、彼女の目からは俺の姿が消えたことだろう。実際には奥の壁にめり込んで気配を完全に消しているのだけれども。

び、びびった。

つうかこっちの世界の女子ってこんなにかわいいの？

俺がいなくなったからってきょろきょろしているのもかわいい。

ご、ごめんよ、心の準備ができてなかったから話もできないんだよ。

これでも俺、社会人で働いていたような感じなのに、どうしてこんなに女の子と会話もできないんだよ！　迷宮主になってぼっち生活がそれに磨きを掛けたんだよ！　知ってた！　くそぉ！

こういうときに小粋なトークでお近づきにならなくてどうすんだよ！

（……いや、待って）

黒いローブを羽織った男が「食事処のＵＸが……」とか語ってるの最高にキモくない？

ぬああああ！　もうちょっと他に話題あったじゃん！　なんか興味は示してくれてたけどさあ！

（……え？）

そのとき俺は目を疑った。

女の子は――俺の目の前に立っていたのだ。

（バレてる⁉）

と思ったのもつかの間、「？」とばかりに首をかしげてこちらに背を向けた。どうやら、バレてはいないらしい。

そりゃ、確認くらいするよな。いきなり目の前で人が消えたんだもんな。

だけど俺は迷宮魔法によって壁の内部に消えてしまっているので完全に隠れられた。

(び、び、びっくりしたぁ……)

この世界に来て初めての他人との会話がめちゃくちゃかわいい女の子ってハードル高すぎるんよ。

つうか、なんで言葉が通じたの？　迷宮主力なの？　仮にそうだとしても――意思の疎通ができるのだとしても、中身が俺なので無理なんよ。

女の子はきょろきょろしていたかと思うと、ふらりと迷宮から外へと出ていった。

(はー……疲れた)

俺は壁の内部でごろんと横になり、不思議なことに息をするのは問題がないこの空間で、うとうととしたのだった。


……って、寝てたわ。

知らない天井だ、じゃない、知らない壁の内部だ。いや知ってる。俺のダンジョンだもん、知ってる。

ふわぁ……なんで俺は寝てたんだっけ。

ああ、そうか、見知らぬかわいい女の子が入ってきてキモいUXトークを繰り広げた挙げ句に壁の内部に逃げ込んだのか。言葉にすると落ち込むぜ！

あの子かわいかったなー……赤い髪でさ。

そうそう。そこにいる子くらいの……。

「⁉」

え。

いる。

いるんだが?

さっきの子がいるんだが?

外から差し込む光に少々あかね茜いろ色が混じっているので、どうやら夕方が近づいているらしい。

彼女は、いきなり消えた俺に驚いて出ていったはずだが——戻ってきたということ?

(え、ど、どうしよ……)

声を掛けるべきか迷っているうちに、彼女はこちらに背を向けて座り、背中の弓や矢筒、それに他の荷物を下ろした。

(居座っちゃうの⁉　ダメだよ、ここは危険なダンジョンだよ……って、えええ⁉)

この次に起きたことには、ますます俺は目を疑った。

がばりを上着を脱いだんだ。

内側にはキャミソールのような薄手のシャツが一枚きり。

わき腋の下はぱっくりと切れ目が入っていて彼女のあばらが見えていた。

少女は布きれを取り出すと、首を拭き、それから脇から手を突っ込んで胸の下を拭いていく。

たゆん、と大きな胸が揺れる。

「ふーっ。暑かったなぁ……」

どうやら外は夏で、森の中とはいえ暑いらしい。

息を吐いた彼女は改めて上着を羽織ると、荷物を担いで出て行った。

その間、三十秒もない。

だけれど俺にはまるで永遠のように感じられた。

エロいとか、そういうことは全然思わなかった。

ただひたすら美しいと——俺は思ったのだ。

「……ハッ⁉」

いや……これ、のぞきで訴えられる案件じゃね……？　だ、だけどこれは俺のダンジョンだから！　俺のダンジョンに入ってきたのは彼女のほうだからぁ！

「ま、待って。待って待って」

出て行った彼女を追いかけて俺は洞窟を飛び出そうとし、

「ふぎゃん⁉」

外に出ようとした瞬間、内側にはね飛ばされて地面を転がったのだった。

そうだった！　俺は迷宮主なんだわ！

それ以来俺は、始まりの地であるこの洞窟を注意するようになったのだった。

「くそぉ……」

それからまたしても十日ほどがすぎた。異世界にやってきてからもうちょいで二百日ってところか。毎日フルで魔力を使いきっているわけでもないので、MPはようやく200万ってとこか。二百日も経つとだいぶ異世界になじむわー、もうここで生まれ育った男だと言えそうだわー。

ウソだ。

まったくなじめてない。

というかしゃべった相手は骨だけだ。気が狂うかと思うわ。だけど、これが不思議なことに狂わない。たぶんそういう耐性が迷宮主という生き物についているんだろう。迷宮主は孤独である。

さてこの十日間、俺はいろいろ考え、いろいろなことを試した。リオネルには意見を聞いた。

スケルトンの数を増やして今は迷宮内に五百体ほどがいる。ちなみにスケルトンの維持には毎日召喚と同じだけのMPを消費するのだが、スケルトンの召喚に必要なMPが1000で、五百体なので、日々50万MPをスケルトンのために使っていることになる。

正気かな？

一度地下の大広間に五百体の白骨を集めたことがあるけれど、人種や性別、年齢もばらばらの白骨が集合しているのを見ると正気を失いかけたわ。

ともあれ、リオネルがいるとスケルトンたちの報告を聞けるし、人手（骨手？）はいくらあっても足りないくらいなので、これだけ増やしたのである。ちゃんと彼らにお願いしたいことも決めている。冒険者を襲うとか、女冒険者を襲ってムフフなことをしたいとかそういうことではない――どうせ負けるし。暴力、ダメ。ゼッタイ。

俺はスケルトン一人一人に対してもちゃんと向き合うことにした。けっして使い捨てのようには扱わない。彼らも生前は一人の人だったのだ――うん、まぁ、尻尾の骨があったり、どう見ても角が生えていたり、骨が紫のヤツもいるんだけど、いったんそれは無視する。あと面倒なのでまとめて「白骨」で統一する。

「なあ、リオネル」

「なんですか、ボス」

「俺、ふと思ったんだ。俺の言葉ってお前に通じてるじゃん？　だけど俺、こっちの世界の言葉って知らないわけだよ。日本語を話してお前に通じてるのってなんでなん？」

「……ボス、ついに……」

「ついにってなんだよ!?　かわいそうな人を見る目で俺を見るなよ！　結構真面目に疑問なんだよ！」

あの少女――純朴なる美の化身である女神と俺は、言葉を交わしていた。

リオネルはなんやかや迷宮魔法的なアレで意思疎通できてるのかなって勝手に思ってたんだけど、女神と会話ができたのはおかしいよな？

「本気でご存じないのですか。ボスの着ているローブのおかげでしょう」

「……え？　このボロ布？」

黒くてボロボロの布。ただし着心地は悪くない。白骨の遺品である正真正銘由緒正しきボロ布である。

「魔法掛かってますもん。意思疎通系の魔法ですね。言語の壁を越えて会話ができるっていう」

「……なんじゃそりゃ。とんでもねえな」

「すごい魔法ではありますけど、とんでもないってほどじゃないですよ」

「え、そうなん？　一応聞くけどここってなんて国のなんて山？」

「知りません。私、ボスに召喚されたんですよ？　こっちが聞きたいですぅ」

「『ですぅ』じゃねえよ。ぶりっこすんな。それじゃお前の生まれはどこなんだ？」

「残念なことにスケルトンには生前の記憶を探ることができません」

そうだった。こいつも俺と同じ境遇だったわ。

結局、ここがどこなのかはわからん……日本語が通じた時点で、日本のどこかという可能性もゼロじゃないよな？　女神は赤い髪に赤い目だったし、冒険者たちも金髪はともかく緑の髪とかいたけど日本の可能性あるよな？　コスプレしてるんだったらお台場の近くかもしれないし、始まりの洞窟から見える山奥感を思うと群馬県山中の可能性もあるよな？

うん。

ねーわ。

延々続く森、舗装されていない街道、乗り合い馬車、スケルトンに魔法。

日本のわけがねーわ。

「ちょっと現実逃避しちゃった」

「『しちゃった』ってボスに言われてもかわいくないですよ」

うっせー。正論を吐くな。俺が傷つく。

「それはそうと、五百体もスケルトンを集めてなにをする気なんです？　これだけのスケルトン、維持するだけでもとてつもない魔力量ですよ……」

呆れたようにリオネルは言う。

「そうなの？　ふつうはどれくらい召喚できるんだっけか」

俺はリオネルを召喚したときのことを思い出す。

――召喚されたの六回目ですからね。三回目の召喚主が死霊術師だったんで、いろいろ教えてくれました。

そう、こいつはなんと六回目の召喚……じゃなくて、死霊術師がいろいろ教えてくれたらしい。

「ていうか現世のことは覚えてないのに前に召喚されたときの記憶が残ってるっておかしく

ね？」

「一応現世への未練みたいなのもあるんですよ。なんかこう……もやもやしたものが頭の隅にあるんですけど……まあ頭の中はカラッポですけど……」

スケルトンジョークらしいよ。俺は笑えないけど、スケルトンの仲間たちはカタカタカタカタって歯を鳴らしてるからウケてるようだ。

「一般の死霊術師は私を一体召喚したら息も絶え絶えですよ。知性のないやつはいけますけど」

「え、そんななん？」

ってことは、MPが1万しかないってことじゃん。

迷宮主はMPが増えやすい生き物なのかな。俺が特別！　チートやで！　っていうんではないと思う。だってダンジョン創るんだぜ。いっぱいMPないとヤバイっしょ。

「はい、なので、言語で会話ができないスケルトンであっても、五百体召喚しているボスの異質さがわかりましたか？」

「まぁ……はい」

ちなみに言えばこの四倍は召喚できるし、日々俺のMPは増えていっているのだがあえて言う必要はないだろう。MP250万で次の魔法を使えるようになる日もすぐそこだ。

「そんなボスはなにをしようとしているんです？」

「よくぞ聞いてくれました」

「え、今まで何回か聞いてましたけど⁉　ボス、全部スルーしてましたよね⁉」

実はそう。ようやく、プロジェクトが終盤に近づいてきたので、リオネルに話す気になったのである。

五百体ものスケルトンを召喚して、なにをしていたのか。

もちろん「ダンジョンのUX改善プロジェクト」である。

ダンジョンの手入れは迷宮主がやるんじゃないの？　と思われるかもしれないが、実は俺にできることは迷宮魔法の実行で、実際に手を動かすには人手が足りない。

UX改善においてはいちばんの発見は迷宮魔法「製造精霊《クラフトスピリット》」だった。

「中級成形《リイス》」によって、粘土だけじゃなく金属成形ができるようになったんだけど、「製造精霊《クラフトスピリット》」はさらに進んでる。

素材を混ぜ合わせたり、熱を持たせたり、魔力を込めたりできるんだ。

さらには「こういう罠《トラップ》欲しいな〜〜〜」って念じると、素材があれば作れる。素材ってのは俺が「空間精製《リムーブ》」で亜空間に飛ばした物質のうち、「空間分解」でよりわけておいたものってことな。

簡単。便利。とはいえ、仕様はちゃんと考えておかないと作れないんだけどね。

ちなみにこの「製造精霊《クラフトスピリット》」、小さなトラップ一つ作るのに1000くらいMPが飛んでいく。

便利を肩代わりするのは魔力な。これ、異世界を生きていく上で重要なこと――はい、ここが日本である可能性は捨てました。

それで、だ。

「製造精霊《クラフトスピリット》」を使って俺がまず着手したのは——トラップの量産。

トラップって言ってもいろいろあるんだぞ。フットスイッチを踏むと扉が開くとか、壁のスイッチをオンオフで室内の明かりをオンオフとか。なにそのマイ●クラフト。

もっと高度なこともできる。

自動でトラップの数をカウントするとか、表示するとか、エスカレーターとか……エスカレーターがトラップ扱いだとは思わなかった。トラップ万能すぎんか。

俺はとりあえず腕時計モドキを作りだして、現時刻とMP残量を表示するようにした。原理は不明だが、「これこれこういう機能！」と仕様を詰めればイケた。いや、若干、いや、相当に仕様はガバだったのでそのぶん消費MPがエグかった。なんと28万。……リオネル二十八体ぶんだと思うとたいしたことないな。腕時計のほうが優秀だし。

「ボス、今なんか私に失礼なこと考えてませんでした？」

「大丈夫。俺は事実しか考えない。……カヨちゃん、この腕時計があるからMPチェックする必要なくなって、俺と話す回数が減るけどごめんな」

《…………》

カヨちゃんは相変わらずツンデレ。いや、デレ期の来る気配がないのでただのツンドラだ。氷河期だ。恐竜すら死ぬ。

「ボス？　五百体のスケルトンの話は？」

「ああ、はいはい。このダンジョンにトラップを設置したのはお前が知ってのとおりだ」

「ですねえ。めっちゃいっぱい……」

「一万二千個な」

「……はい？」

「トラップの数は一万二千個だ」

「…………」

おかしいな、無表情なスケルトンのくせに、呆れた顔をしてやがる。

ちなみにトラップは発動タイミングでＭＰが消費されるので、一万二千個あってもランニングコストはたいしたことない……今のところは。

「で、そのトラップを使ってなにをするのかと言えば、もちろん冒険者を迎え入れるんだ」

「え～っ、まだあきらめてなかったんですかあ？」

「絶対あきらめんよ。俺は外の人と交流したいんだ。そしてあわよくば……」

「女とずっこんばっこんしたい」

「ちちちち違うけどぉ!?　友だちが欲しいだけだけどぉぉ!?　あとご飯とか食べてみたいだけだけどぉぉぉ!?」

「まぁまぁ、正直になりましょうや」

「肩叩かないでくれますぅ⁉」

ちょっと、ほんのちょっとだけ、図星を指された俺は結構焦った。いや、でも、俺には心に決めた女神がいるから……（あれから一回だけ来てくれた。お昼寝をしていらした。神々しさすら感じられる寝顔であった。寝顔を眺めてにこにこしている俺がキモいことは自覚しているから言うなよ）。

「ダンジョンを公開するなら、強いモンスターを召喚するのが一般的じゃないんですかねぇ？」

「ま、それも考えたんだけど……やっぱり、人死にが出るのは気が引けるんだよ」

「はぁ」

「覚悟がないって言ったらそれまでだけどさ、だからこそゴブリンを召喚してないってのもある。食料ないとゴブリン死ぬだろ？　スケルトンなら魔力で生き返る」

「いや死んでますけども」

スケルトンジョークはもうええ。カタカタカタカタじゃないのよ。

もちろんさ、ゴブリンを使い捨ての駒にすることだってできるよ。でも……それやったら、俺が提供したいダンジョンのUXからは遠い気がしたんだ。

だから、トラップを主体にした。

なんとトラップには転移魔法も付与できることが判明した。これによってスケルトンたちはダンジョン内をトラップを踏んで移動できる。転移魔法の発動コスト、MP50。安すぎなんだよなあ。

なので、トラップに引っかかった冒険者は外に転移させるってわけ。

迷宮魔法の「高速移動《ファストムーブ》」要らなくね？　こっちの消費MPは100万やぞ？　と一瞬思ったが、「高速移動《ファストムーブ》」はいつでもどこでも好き勝手に移動できるんだから使い勝手が段違いだ。転移魔法トラップは作り出すのに数秒かかるし。複製は早いんだけどな。

あと、スケルトンたちが間違っても行かないように——女神が来たあの洞窟には「高速移動《ファストムーブ》」を使うのがいい。リオネルにだって女神のことは教えない。秘密だ。ボスには秘密が多いのである。

「さて、ダンジョンをオープンする日程だが……」

「え、モンスターを召喚しない、バカげた数のトラップを作ったことしか聞いてませんけど」

バカ言うな。俺だって「ちょっとやりすぎちゃったかも」って思ってるんだよ。

「どうせ説明しても理解してくれる気がしないから、とりあえずダンジョン公開を優先しまぁす」

「うわー、説明放棄だ」

「さて、五百体のスケルトンのうち、隊長格を集めてくれたまえ」

スケルトンが五百体もいると仕事の割り振りが大変だ。

なので、十体を隊長とし、隊長の下に十体をチーフとして置いて、チーフの下に四体のスケルトンを置いた。

俺は「迷宮司令室」と名付けた部屋に移動した。

天井には照明（トラップ製）があり、俺が座っているのは回転するオフィスチェアっぽいイスだ。ちなみに照明はなくても見えるんだけど、気分が上がるので照明は点《つ》けた。ＭＰを消費し続けている。

ひろびろとした鉄製テーブルもある。

天井も壁もしっかりと平らに整地されていて、つるつるだ。

広さは、そうだな、結婚式の二次会とかで使われるレストランくらいある。

……わかりづらい？

このくらいの広さって、他に思いつかないんだよな。

それはともかく。

ここは公開用ダンジョンのある山のど真ん中に位置しており、始まりの地からはもちろん遠い。

ダンジョン内のトラップ作動状況がわかるよう、壁面には公開用ダンジョンの全体図が描かれており、侵入者は赤色、ダンジョンの愉快な仲間たち（白骨）は緑色の光がついている。なにかあったらこれがオレンジ色になる。

トラップ作動数や破損数が表示されるモニターもある。

これ全部トラップなんだ、すげーだろ？（製作に掛かる消費ＭＰ35万、維持に掛かる消費ＭＰ毎時１万）

「ボス、本気でここを公開するんですか？」

「リオネルくん、不満かね」

「や、不満とかじゃないんですけども……」

珍しくリオネルが口ごもる。

「はっきり言いたまえ。ずけずけ言うのが君のキャラであろう？」

「いや、ボスのほうがよほどキャラぶれぶれなんですけど、大丈夫っすか？」

「うっせー。威厳のある迷宮主っぽさを演出してんだよ」

「まあ、私はどっちでもいいですけども……そんなずけずけ言ってます？」

「もういいよその話は。意見があるなら早く言えよ」

「あ、はい。えーっと……このダンジョンなんですが。というか、公開プランなんですが」

公開プランというのは、お披露目会だ。前回の失敗を踏まえた上で、再度プランニングした。どういうふうにお披露目したらここにみんな来てくれるかな？　迷宮として利用してくれるかな？　と考えた結果、俺の脳みそから絞り出されてきた渾身のアイディアをまとめたものである。

「非常識っす」

常識にあらず、ときたか。

「リオネル」

「はい」

「これくらいやって当然だよ～～～君さぁ～～～～？」

俺はイスにのけぞって、テーブルをとんとんとんとんと指先で叩く。

「……なんかその言われ方ムカつきますね」

「リオネル。この迷宮に俺がどれほど情熱を傾けているか、わかるだろ」

「そりゃあそうですね。こんなアホなことに……失礼しました、修正します。アホほどすごいことに、ここまで熱心な迷宮主は聞いたことがありません」

アホの部分を修正しろよ。

「やるからには本気だ。でないとつまらんし、手を抜いたらユーザーに伝わる」

「はあ……」

「わかってないなーリオネル。永いスケルトン生活で骨抜きになったんじゃないの？」

「むしろ骨しか残ってないんですがそれは」

「そんなわけで近日中にこのダンジョンを公開したいのだが、なにか記念日とかで交通量が増えることはないかな？」

「記念日……ですか？」

「王様の誕生日でよそから人がいっぱい来るとか」

「そうですね……その前に私、ここがどこかわかりませんってば」

「だよな」

知ってた。

「もう、適当に乗合馬車が来たところで公開しちゃおうかな」

いやー、でもなあ。それって前回と同じなんだよな。

ここまでいろいろ準備したのに、前回と同じって……失敗フラグみたいでイヤだ。

俺が頭の後ろで手を組んで、イスにのけぞってくるくるとイスで回っていると、うらやましそうに隊長スケルトンたちが見てきた。

「あれ？　ボス、見てください」

リオネルが指したのはモニターだ。

乗合馬車が通るルートの上——新たに設置した監視部屋五か所の一つに異常があった。

監視のために常駐させているスケルトンが、「警戒」を示すオレンジ色のアラートを出していたのだ。

俺の身体に、久々の緊張感が走る。

「……行くぞ」

俺はイスから飛び降りて、迷宮司令室の一画にある転移魔法トラップに向かった。そこにはダンジョンのあちこちに移動するための転移魔法トラップを集結させている。この迷宮司令室が中心部《ハブ》となって移動できるようにしているのだ。

床に設置した転移魔法トラップを踏むと、周囲の光景がとろりと溶けるように見え、そこは監視部屋になっていた。

「なにがあった？」

カチカチカチと歯を鳴らしながらスケルトンは監視窓を指さす。リオネルが通訳しようとするが、手で押さえた。見たほうが早い。

俺は前回のように監視窓からひょっこり首を突き出した。

気がつかなかったけど、もう夕方だったんだな。正面に西日が見えていてまぶしい。

「オラッ、皆殺しでかまわねえ！」

「残り一人だ！」

「クソが、抵抗しやがって」

「おっしゃあ、俺がとったぜえ〜」

んん〜〜……馬車を山賊が襲ってるな。

馬車、っていうか……なんか牽《ひ》いてるぞ？　鉄の檻？

攻めているのは山賊だ。一応ここ山だし、「山賊」でいいと思う。薄汚れた服や、プロテクターを身につけている男たち。手に持っている武器も錆《さ》びついているが、鉄の塊でぶん殴れば切れ味なんて関係なく相手を殺せるから問題ないんだろう。

対する守り手は、兵士だ。赤い布とか使っちゃったきらびやかな服に、銀色の鎖帷子《チェーンメイル》を身につけ、そろいの鉄兜をかぶっている。

ふつうに考えれば山賊が正規兵に勝てるわけはない。

だけど、人数差がある。

山賊は二十人以上いるのに、馬車を守る正規兵は五人程度。山賊が何人も倒れてる……血が流れてるし死んでるのか？　十人近くは倒れてるけど。

とはいえ山賊は人数で押し切った。最後の兵士が倒れると、山賊は大喜びだ。仲間が死んでも悲しんだりしないいんだな……刹那《せつな》的な生き方だ。

「ほほぉ、山賊が勝つとは」

リオネルが俺の横に来て額に手をかざして下を眺めている。

ていうかよく考えると、距離があるにしてもこうして殺人が起きているのに、平気な顔をしている俺ってどうかしちゃったのかな。ふつうの日本人なら震えて動けなくなるレベルだよ。たぶん迷宮主である性質がなんかしちゃってる気がするんだけど。

《迷宮主はダンジョンに関係のない生物の生命に対して鈍感になります》

カヨちゃんが教えてくれた。だよね。

「リオネル、あれって正規兵？」

「そうみたいですねぇ。私も見たことがない制服ですけど」

ふむ、ということは相変わらずここがどこかはわからん、と。

「あの鉄の檻ですが、奴隷でも運んでたふうですね」

「奴隷か……」

この世界、奴隷とかいるんだな。人権団体なんかないんだろうな。白骨とか召喚できちゃうし。

まあ、山賊がいるくらいだから人権団体より治安をしっかりしろってことだよな。

「それにしてもおかしいですねえ。山賊が正規兵を襲うなんて、あり得ないですよ。どうせすぐに露見しますし、そうしたら正規兵を倒されてメンツをつぶされた領主が怒りくるって攻め込んで来ますからねえ」

「言われてみるとそうだな。それすら思いつかないほどに山賊がバカという説は？」

「山賊だって生きるのに必死ですよ。あそこにいる連中はバカかもしれないですが、頭目は少なくとも考えると思いますよ。考えられるのは、なにか理由があるのか、あるいは、そんな危険を冒してでも奪いたいものがあったか」

死体からカギをひったくった山賊が檻を開ける。

「ん？」

出てきたのは、金髪の子どもだった。シャツにズボン。男の子か。

でも、なんだ？　頭に角が生えてないか？　それに肌が紫色っぽいぞ？

「積荷が狙いという線、ビンゴかもしれませんよ。あの子は悪魔ですよ。悪魔の子ども」

「悪魔だって⁉　奴隷なのに？」

「もちろん珍しいんですよ。だから山賊も喜んでるでしょう。金になりますし――それに、悪魔は人間と生態が近いですからね。性奴隷にもできます」

「せ、せせ、性奴隷って……子どもだぞ」

「子どもだろうと関係ないんじゃないですか？」

…………。

「ボス？」

胸くそ悪くなった。

この世界は確かに俺の知らない世界で、俺の知らない論理で動いているんだろう。人権団体なんぞないんだろうし。

だけどな……子どもだぞ。

何度も言う。

子どもだぞ。

「リオネル。スケルトンどもに命じろ」

「はい？」

「山賊を追い払い、子どもを助ける」

「……本気ですか？」

「本気だ」

「山賊は人間で、子どもは悪魔ですよ」

「だからなんだ？」

「追い払うってことは、山賊を殺してしまう可能性がありますよ」

「わかってる」

「公開プランに影響するかもしれませんよ」

「わかってる‼」

そうしている間にも子どもが抵抗していた。それを山賊が棒でぶん殴る。一発、二発……子どもがぐったりする。

俺は迷宮主だ。

ダンジョンに関係ない生き死にには心が動かないらしい。

だけど――俺にだってポリシーくらいある。

しょっぺーポリシーだよ。「人を傷つけてまでダンジョンを盛り上げない」っていう程度の。

「種族が違ったって、子どもを虐げていい理由になんかならねえだろ！　リオネル、お前はさっさと動け‼」

困ってる子どもがいたら助ける。

今、俺のポリシーに追加した。

「――承知」

その瞬間、リオネルの瞳が――ぼんやりと青白く光るだけの空洞が――きらりと光ったような気がした。

＊リオネル＊

リオネルは、覚えている。

この風変わりな迷宮主に召喚された日のことを。

——はあ……またですか。召喚されやすいんですかねえ私は。

以前は冒険者に破壊され、召喚主との契約が途切れるや、そのますとんと暗闇に落ちた意識。

自分にまた意識がよみがえってくるのを感じたリオネルは、それが召喚されたせいなのだとすぐに気がついた。

なにせ、六度目だ。

こうまで呼び出されてくると笑えてくる。

だから、笑い飛ばしてやろう。引かれるくらい明るく振る舞ってやろう。

そうしたら、今度の召喚主は——珍しく迷宮主だった——きょとんとした顔をしていた。

この迷宮主はいろいろと変わっていた。

これまで、スケルトンを召喚する人間は、強欲か、おかしな信仰をしているかのいずれかしかいなかったけれども、この迷宮主は違った。

なんだか、話し相手を求めている節がある。

「お前と話すのはウンザリだ」みたいなことを言いつつも、すぐにまた話しかけてくる。それなら他にもスケルトンを召喚すればいいのにと進言すると、「お前が増えたらどうするんだよ」と言う。どうしたいのか全然わからない。

ただ、やっぱり人恋しいのだろうとは推察できる。

人間的な触れあいに飢えているなと感じるのだ。

リオネルはこれでも元人間だから、わかる。

――んー、しかしなぜ私は召喚されやすいんですかねえ。生前の行動になにかあるんでしょうか。

生前の記憶はないが、技能は残っている。

ふと思うのは、自分が生前、武人だったのだろうということ。槍が特にしっくりくる。乗馬もできるようだ。将校だったのではなかろうかと自分では思っている。

さて、そんなリオネルだからこそ――迷宮主の言動には驚いた。

「リオネル。スケルトンどもに命じろ」

「はい？」

「山賊を追い払い、子どもを助ける」

「……本気ですか?」

思わず聞き返してしまった。

「本気だ」

「山賊は人間で、子どもは悪魔ですよ」

この迷宮主もまた元人間で、今もなおほぼ人間に近い状態。

生態だけでなく、心も。

ひょっとして……山賊が人間ではないと勘違いしている?

「だからなんだ?」

あれ、山賊も人間だと理解しておられるご様子?

リオネルは、わからなくなった。

この人物の評価を変えなければならないかもしれない。

自分の本心をあまり表に出さず、好き勝手に振る舞いながらも他者に気遣いを見せる。人付き合いを求める割りに一線を引いて、そこからは越えてこない。

そんな召喚主が――声を荒らげた。

「種族が違ったって、子どもを虐げていい理由になんかならねえだろ! リオネル、お前はさっさと動け!!」

うれしくなった。

召喚主の放ったその言葉、その正義は、リオネルの信条と完全に一致していたからだ。

――私の未練……生前の未練……子どもになにか関係が…………？

そう思ったのも一瞬だ。

カラッポの身体に、喜びを満たしたリオネルは、武人としてのたたずまいを見せて応答する。

「――承知」

そうして監視部屋にある伝声管を手に取った。

「弓を構えよッ‼」

久しぶりにこんな声を出した。腹から響く、命のやりとりを知る者だけが発せられる声。

別の部屋にいるスケルトンたちの動きが機敏になる。

「……え？」

ボスである迷宮主は、突然のリオネルの変化についていけず、ぽかんとしている。

それもそのはず。

ここまでスケルトンの練度を上げていることはボスには話していないからだ。訓練だって、基本的にボスが寝ているときにのみ行っていたし。

「第八弓兵隊、第九弓兵隊、戦闘準備‼　第二歩兵隊、第八歩兵隊、突撃準備‼」

武器を構えたスケルトンたちが戦闘準備に入っていく。

『弓兵隊、戦闘準備完了』

『歩兵隊、戦闘準備完了』

響いてくるスケルトンたちの声――これはボスには聞こえない。

「射撃窓、開けェッ！」

『射撃窓、開放完了』

「弓兵、狙えッ!!　用意――」

あんぐりと口を開けているボスの前で、リオネルは命じる。

「撃てェエエエッ!!」

＊迷宮主＊

「撃てェエエエッ!!」

とリオネルが叫んだ瞬間、雨のように矢が降り注いだ。山賊どもがばたばたと倒れていく。

豹変《ひょうへん》したリオネルとスケルトンたちを唖然《あぜん》として見つめていた俺だったけども、ようやく我に返った。

「歩兵二部隊、突撃ィッ!!」

リオネルの声が発せられた直後、眼下の山腹からぼこっと土煙が上がり穴が開いた。

金属剣と金属盾を構えたスケルトンたちが、砂利の斜面を滑り降りながら山賊に襲いかかる
――金属、と漠然と言っているのは純粋に鉄だけで造るには所有量が足りなかったせいだ。ていうか剣にふさわしい金属組成なんて全ッ然わからないから適当に組み合わせて適当に造った装備である。

だが、

「ぎゃあああ⁉」

「いでぇっ、いでええよぉぉ」

切っ先はキンキンにとんがらせている。どんな金属かわからないというだけで殺傷能力が下がるわけじゃない。

ていうか、俺が造った武器、使いこなせてるじゃん⁉

その弓矢とか、弓弦を造る材料がないから筒にバネを仕込んで石の矢を飛ばしてるんだよな。だから、「射抜く」というより「重力で速度を増している」という感じ。

それでも先端が尖《とが》っていれば肌に突き刺さる。

弓兵と言っていいのかはわからんけど、他に名称を知らないから弓兵という扱いになっている。

「てめえらッ、雑魚《ざこ》スケルトンどもに後れをとるんじゃねえ！」

山賊を率いているらしい男が一喝する。毛皮のベストを着込んだオッサンだ。

その声で残りの山賊が息を吹き返す。こちらのスケルトンも削られていく。

「第二射用意ィッ！」

「お、おい、リオネル！　リオネル！　このまま撃ったら骨にも当たるぞ！」

リオネルは、動じない。

「当然です。当たります」

「ふぁ⁉　骨は矢に当たっても平気なのか⁉」

「……え？　平気なわけないでしょう？」

「ふぁ⁉」

なにこいつ「当然」みたいな表情なの？　あ、スケルトンだし表情なかったわ――じゃねえよ！

「ダメだろ、それじゃ！　味方に殺されるなんて！」

「もう死んでますし」

「そうじゃねーよ！」

「え、だって、ボスが魔力入れたら復活しますが、ひょっとして魔力切れですか？」

「…………………あっ」

そそそそうだったぁ～～～あいつらすぐ復活するんだったぁ～～～～。

勘違い恥ずかしい！　恥ずかしすぎる！

「ボス？」

「……第二射いっちゃって……」

「第二射撃てェェエエエッ‼」

雨あられと降り注ぐ矢。

魔族の子どもの前には骨が立ちふさがり、矢を盾で防いでいる。

「ぐぞぉぉぉいでぇぇええ！」

「た、助けてくれぇっ」

「チッ――逃げるぞ、野郎ども‼」

さすがにこれには懲りたのか、山賊どもが撤退を始める。

満足に立っているのは十人を切っており、動けない仲間を放置して逃げていく。

「ボス、追撃しますか？　これから夜ですし、しっかり追えますよ」

「………………」

俺はちょっと考えて、

「生き残ってるヤツをふん縛れ。あとは追わなくていい」

「……え？」

「わからないか、リオネルよ。山賊は仲間を助けるほど殊勝な連中じゃない。それなら明日にでも乗合馬車が通りがかって、死んだ正規兵とケガをした山賊を発見し、大騒ぎになるだろ。怒りの矛先は山賊に向くはずだ」

「それはまぁ、そうでしょうけど……」

「いいか、俺の狙いはここからだ。その次には多くの人間――特に公的機関が出張ってくるだろう。注目度アップだ。人が大量に来るタイミングで、ダンジョンをお披露目しようってワケ！どう⁉　今考えたにしては俺めっちゃ冴《さ》えてない⁉」

「えっといや……」

「なに？　なんか見落としてるか、俺？」

「そうじゃないんですが……」

リオネルは言いにくそうに、

「縛るためのロープがないっす」


結果から言うとロープはあった。正規兵が持っていたのだ。

いやー、迷宮魔法はメチャクチャ便利ではあるんだけど、ロープみたいに柔らかいのは作れない。草の分子組成とかわかんなくね？　草は草だよな？　草は生えるもんだ。アルケミーしちゃう感じのアレじゃないわ。

そう、迷宮魔法は万能じゃない……機械的なものには強いけど、柔らかいものや食事を作ろうとしてもできないというデメリットがある。俺がバカなんだろとかいうツッコミはナシな。日本時代の記憶はないがきっと文系であることは間違いない。

ロープで縛られた山賊と、山賊や正規兵の死体がいくつも転がっている街道。

俺は……リオネルに命令した。連中を殺せと。正確には「子どもを救え」だけど、結果的に山賊を殺すことになることはわかっていた。

禁忌を犯したような気持ちは少しだけある……けど、思ったほどじゃなかった。ひょっとしたら現実味がまだないのか。あるいはこれもまた迷宮主としての精神作用なのか。

ま、いいか。

俺の心が平和ならそれに越したことはない。

「――さて、そんでまぁこの子だけども」

広い一室に運ばれてきた魔族の子。

腰高の台を俺が造ってそこに寝かせてある。なんとなく、ロープとともに仕入れたゴザを敷いているので、死体の検分みたくなってる。

金髪。こめかみに巻き角。肌は紫っぽい。

ものすごい美少女で……ということはなくて、ふつうに少年である。少年だよな？　おにん○んついてるよな？　ニンニンって言ってもハッ○リくんではない。むしろこの場合獅○丸のほうである。ちくわ的な意味で。

……話がずれた。俺、下ネタ好きってワケじゃないんだが、これじゃあ単なる下世話なオッサンじゃねーか。

んでこの子。人間でいうなら十歳くらい。生意気盛りの年頃である。

悪魔の子ども――魔族、という。

人間に姿形は似ているが、人間と敵対している存在なんだとか。

「殴られて気絶してますけど、命に別状はないですね」

「なんかやつれてるように見えるが」

「……あんまり、まともな食事を与えられていなかったのではないでしょうか」

「そうか」

やっぱり怒りが湧いてくる。小さい子を傷つけるやつはクズだ。子どもは神聖不可侵であるべきだ。……いや、俺がペドフィリアってわけじゃないぞ？　ロリコンでもないぞ？

「ボスってロリ……」

「それ以上言ったらお前を地中に還《かえ》す」

「承知」

承知、じゃねーよ。

「そういやリオネル。なんであんなに生き生きと命令してた？」

「死んでますけども」

「そういう意味じゃねーから。わかってて聞くなよ」

「ええと、なんて言うんですかね……私、どうも武人だったようで」

「ふーん……」

どうも武人。

ワケわからん。記憶ないんじゃないの？

まあリオネルがワケわからんのは今に始まったことじゃない。

「で、骨どもを鍛えてたのか」

「一通りの訓練を。このダンジョンではなにがあるかわかりませんからな。あっははははは」

他の骨どももカタカタ笑う。……今、なにかおかしい要素あった？　骨ジョークなの？

「……ボス、ひょっとして自分がとんでもないことやらかそうとしているという自覚はないんですか？」

「え、魔族の子ども拾ったのってまずかった？」

「そっちじゃなくて公開プラン……いや、もういいです。ボスがワケわからんのは今に始まったことじゃないですし」

その言葉、そっくりそのままお前に返すっつーの。

「……ん、うぅ」

「お、子どもが目を覚ましたぞ」

俺たちはぞろぞろと子どもをのぞきこんだ。

「……ここ、どこ……⁉」

「あ、ボス。明かりがないから見えないんですよ」

「そうだった」

俺はさくっとランプ（トラップ）を精製して手元に取り出した。

「やあ、災難だったね。ここは俺の迷宮――」

「つぎやああああああ⁉」

子ども、あぶくを噴いて気絶。

「……え？」

俺、リオネルを見る。

リオネル、肩をすくめる。

骨ども、肩をすくめる。

「……やっちまった」

そりゃそうだ。

目が覚めたら骨に囲まれて、しかもランプの明かりを持った俺はぼろきれを纏《まと》った、なまっちろい人間。

ホラーだわ。

「お、お前ら何者だッ！　ア――俺に手を出したらどうなるかわかってんだろうな！　俺の父ちゃんはすっげー怖い悪魔なんだぞ！」

もう一度目が覚めた子ども悪魔はそりゃもうすごい剣幕で言ってきた。

骨どもは待避させているし、部屋も十分明るくしておいたし、俺は五メートルの距離を保っている。

「あ、大丈夫。安心しろって言っても難しいかもしれないけど、俺は敵じゃないから」

「……敵じゃない？　ほんとうかよ」

「ほんとう」

「証明できんのかよ！」

「うーん……」

俺、ちらっと子ども悪魔を見やる。股間とか。

「お漏らししたこと、黙っててやるから」

「⁉」

目をまん丸に見開いて、股間を見て、ぐっしょり濡れていることに気づく。

顔が真っ赤になる——ほう、紫の顔でも顔が赤くなるのはわかるんだな。

涙目になってぷるぷるしてる。

眼の色も紫、アメジストみたいだ。まあ今は濡れてるアメジストだけど。

「こっ、これはお漏らしなんかじゃねーよ！」

「わかった。わかった。誰にも言わないから」

「お前は信用できない！」

「まあ、信用しないでくれてもいいよ」

「なんだって⁉」

「君が助かった。それでいい。お礼を言われたいワケじゃないし」

自己満足だ。そのためにこちらがなにかを失った、ということもない。壊れた骨どもも回収して魔力を込めたら復活したし。「あ、どもども」って感じで。軽すぎんだよ、あいつらのノリ。

「それで、帰るアテはあるのか？　送っていきたいのは山々だけど、俺はちょっとした事情でここから離れられない。骨ならつけてやれるけど……もしそうするなら移動は夜にしてもらいたいかな」

魔族の少年が骨どもを連れて歩いてたら、もうこれ魔族による人間侵略だよな。

「……お、お前なんなんだよ」

「ん？」

「人間だろ？」

ああ、人間に見えるのか。迷宮主ってすぐにわかるんじゃないんだな。

「俺は……魔族なんだぞ」

「みたいだね」

「そうか。お前はアレだな。洞窟の奥に住んで、他人には言えないヤバイ研究やってるヤツだろ」

俺知ってる。それマッドサイエンティスト。

「違うから」

「じゃ、じゃあなんで俺を見ても驚かないんだよ！　びびらないんだよ！」

「魔族とか人間とか、たいして違わない」

「は？」

心底わからない、というふうに少年が口をマヌケに開ける。

だってそうだろ？

俺、もはや人間じゃなくて迷宮主だし。

そもそも人間だって誰かを奴隷にして人権を無視するのなら、そいつだってもう人間辞めちゃってると思わない？

「ま、いいじゃないか。帰りたいなら帰っていい。ここのことを言いたければ言いふらしてくれて構わない」

「はぁ？　言いふらしていいのかよ？」

言いふらしてくれていいんだよ。むしろ人を呼びたいくらいだから。

「お前、マジでなんなの？」

「君のことを詮索しないから、君もこっちを詮索しない。俺は自己満足で君を救っただけ」

「……ふーん」

「それじゃ、帰る？」

と俺が言ったところで、ぐるるるる……と少年の腹が鳴った。

「こっ、これはだな、俺が魔法を使うときの予備動作で……！」

「兵士たちが持ってた食料なら確保しておいたから食べれば？」

「食う！」

死んだ正規兵たちはパンやチーズ、ワインにリンゴ（のような果実）といったものをいくらか持っていた。とはいえ五人で食ったら三日も保たなさそうな量だ。少年一人なら二週間はいけるかな？

俺も食べたかった……でもな、俺には空腹無視《カロリーゲイン》があるから……もしもこの子が腹を空かせていたらと思うと、手をつけられなかった。街に行くにしても食料は必要だろ？

少年はパンにがっついている。水は、地下水が出るところが迷宮内に何か所もあるので骨に運ばせてあった。

「美味いか？」

「うん！　……あ」

「？」

子どもらしく無邪気に食っていた彼は手を止めて俺を見る。

「お前は……食べないのか?」

「俺は餓えていないからな」

ウソです。めっちゃ食べ物食いたいです。

「まさかこれ、変な薬が入ってんじゃねーだろーな!? うっわ、俺食っちゃったよ!?」

いい加減、マッドサイエンティストの妄想から離れましょうよ、ね?


「ぷはー……食った」

「それはもういい食いっぷりだったな」

あった食料の三分の一くらい食った。食欲旺盛。若さってすごい。

さっきのゴザ敷いた台に食い残しが散らかっている。

「じゃ、帰るか? 食料持っていっていいし」

「……お前、俺を帰らせようとしてる。やっぱ怪しいなー」

「そういうのいいから。むしろ怪しいならここを離れたほうがいいだろ」

「…………」

「ちょっと? 君?」

「……キミキミうるせーよ。……アタシ、には、ちゃんと……ミリアって名前が……」

すぴー。

ゴザに転がって寝やがった。

食うだけ食って満足して寝るとはやはり子ども。いやどっちかっていうと、犬？

「……っつか」

俺氏、妙なことに気づいた。

この少年悪魔、ミリアって言ったよな？　それに今「アタシ」って……。

「女の子の名前ですねえ」

「いきなり後ろから出てくるんじゃねえよリオネル」

フッ、と耳に息を吹きかけられそうな距離にリオネルが現れやがった。

だよな、この名前。

女の子なのか……？

「うむむ」

仰向けになってすぴーすぴーしているミリア。

シャツを通して、その胸は……ちょっとだけふくらんでいる。

「そりゃ、私はボスのそばにいますよ。じゃないと戦闘力皆無のボスが危ないでしょ？」

「真実は時に人を傷つけるんだぞ」

「ボスは人じゃなくて迷宮主、むしろモンスターでは……？」

「そういうとこォ！」

って、こいつとおしゃべりしてる場合じゃなかった。

「どうすっかな……ウチのダンジョンにベッドとかないんだが」

ふつうのダンジョンにはベッドなんてないんだろうけど。

まぁ、なんか作るか。

「ふーむ……いや、まぁ止めとくか。どうせそのうち出て行くんだろうし……」

「へえー」

「……なんだよ、その反応は。ちょっとイラッときたんだが」

「いえいえ、このミリアって子もこのダンジョンに残ることになるんじゃないかなぁって思いましてね」

「ならんよ。大体、この子に食わせるものがないし」

「え、でもボス、ダンジョンの公開で、食事を手に入れようとしてますよね？」

「………………」

確かに？

「いや、でもなぁ、魔族だしなぁ」

「さっきは魔族だからって差別しないって言ってたのに！」

「差別じゃなくて。生き方とか考え方とか、しきたりとか、どういう職業があってどういう社会があってとか、よくわかんねーのよ。リオネルはわかるのか？」

「…………」

白骨は腕組みをしてから、

「……やっぱり出て行ってもらいましょ」

清々しいほど簡単に厄介払いしようとするじゃねーかこいつ。

とは言え、ふつうの対応だと思うんだよ。このダンジョンに残るってことは俺が子育てするってことだぞ？　無理無理！

薄情に見えるかもしれないけど中途半端に責任を負うくらいなら、元いた社会に帰してやったほうがいいに決まってる。

すぴーすぴーと寝息を立てて眠っているミリアの頬に、食べかすがついている。

しょうがねーヤツだな……いきなり転がり込んできて、食い散らかして。

「ボス。この子なんですけど、さっき運んできたスケルトンたちから報告があって……。魔族は魔族なんですけど、ただの魔族ではないみたいなんですよね」

「ん？　ただの魔族じゃないって？」

「私がボスのそばで監視しておこうと思ったことにもつながるんですが、特別な魔力があって——あ、ああっ⁉」

俺はミリアの頬についていた食べかすを、親指の腹で拭ってやった——ときだった。

「触っちゃダメです、ボス！」

お前。

リオネル。

あのな、そういう大事なことは、なによりも先に報告しろよ――。

「――うぐっ」

親指の先からなにかがするりと入り込んできたかと思うと、俺の視界はぐらぐら揺れて、すさまじい悪寒が走るや、吐き気とともに俺は意識を失ったのだった。

第二章 思い出した記憶は、木っ端微塵に吹っ飛んだ（物理）

時計の針が深夜零時を指しても待ち望んでいる電話は来ない。

俺はスポンジのへたったオフィスチェアにだらしなく座りながら、五秒に一回はクリックしている業務用アプリケーションの「リロード」ボタンを再度クリックしていた。

斜め後ろのデスクにいる香世《かよ》ちゃん――島田《しまだ》香世ちゃんが、とっくに作業の終わったファイルをフォトショ●プで開いて、まったく関係ないレイヤーに花の落書きをしている。

「あー……連絡ねー、電話もねー……」

無理な体勢のせいで俺が喉をぜえぜえ鳴らしながらつぶやくと、

「来ないですねぇ……。ちゃんとクライアントさんは確認してくれたんですかね？」

「とりあえず営業は見てるだろうから、せめて『これでオーケー』か『やり直し《リテイク》』なのかだけでも教えて欲しいんだよな……」

「終電出ちゃう……」

ほんとに、もうそんな時間だ。

ここは東京も東京、中心部にある六本木《ろっぽんぎ》。広々としたオフィスビルなんだけど、俺たちのいるエリア以外は明かりが落ちている。

六本木ったって、零時すぎたらぼちぼち終電だっつうの。まあ、俺はこういう遅い仕事が多いから、ぎりぎり歩いて帰れるところにボロアパート借りてんだけどな……。

「香世ちゃん、遠いんだっけ」

「大宮《おおみや》ですからね……」

「あちゃ、帰るの厳しくない？」

「ちょっともう、無理かも」

「大変だな。専門《せんもん》学校卒業して早々、こんな仕事じゃ」

香世ちゃんは二十歳だ。うらやましいくらい若い。俺はもう三十二だぜ。ていうか干支《えと》で一回り違うのか。うおー、改めて考えると香世ちゃん若いなー。

茶色に染めた髪はショートボブ。

小柄で色白の彼女は、目もくりっとしていて愛くるしく、入社して四か月にして社内の愛されマスコットになりつつあった。

職種はＵＩＵＸデザイナー。今はＷＥＢの仕事だけだけど、今後はアプリの体験設計、もっとグラフィカルな屋外広告や商品デザイン含め、いろんなデザインをしていきたいと言っていた。目をきらきらさせて。

「入社してすぐに、こんな大きな仕事できると思ってなかったから、うれしいですよ。あのトーマス・ブルー監督が撮った『ラビリンス』の公式サイトのデザインですし」

「まあ……うちは親会社が優秀だからね」

親会社。日本屈指の広告代理店だ。うちはその子会社で、「いろんなもの」を制作する会社。いろんなもの、って漠然としてるだろ？　マジでいろんなものを作るんだ。ＷＥＢサイトもそう。ポスターもそう。ポケットティッシュもそう。かぶりものもそう。珍しいところで、釘を作ったこともある。

デカイ広告代理店ってのは、金払いのいい客のためになんでもやるからデカくなれるんだよな。そのしわ寄せは、子会社であるウチに来る。

まあ、親会社がぺこぺことクライアントに頭下げてくれるから、ウチには仕事だけがガンガン来るんだけどさ。

「とは言っても、ここまで放置されるものなんですね……」

「驚いた？　まーね。親会社の営業がクライアントのご機嫌伺いに一二〇パーセントの気を遣ってる以上、こっちに回す『気』なんてないってことだ。……今日は徹夜になるだろうし、近場のビジネスホテル押さえよう」

「あ、い、いえ、大丈夫です。私、こういうふうに徹夜で仕事とか憧れてたところもあって、イヤじゃないです……鷹岡《たかおか》さんもいっしょ……ですし……」

「ん、最後なんて？」

「い、いえ、なんでもないです！」

心なしか頬を赤くして彼女は両手をぶんぶん振る。そういう仕草が小動物的でかわいい。なで回したくなる。知ってるか？　それやったらセクハラだからな？

「こりゃ……社内の男どもが狙うわけだ」

「――え？　鷹岡さん、今なんて？」

「あーいや。こっちの話」

ちなみに呼ばれた「鷹岡」が俺の名字ね。下の名前が「悠《ゆう》」。まあ鷹とかついてる割りに草食だけど。

出会いがなかったわけじゃない。でもなんかうまくいかず、仕事に引きずられるままもうこんな年。いまだに女性経験もないともなると……もうね、ダメですよ。付き合った相手に恋愛弱者だとバカにされたり落胆されたりしたらやだなと思うと、どんどん臆病になるんだよね……。

逆にすっごく年下の相手なら気兼ねなく話せたりするんだよな。もう、射程圏外だってわかるじゃん？　お互いに。

「それより香世ちゃん、お腹空いてない？　俺、下のコンビニ行って夜食でも買ってくるけど」

「あっ、それなら私行きますよ。電話きたら私じゃ対応できないですし。鷹岡さん――いつものでいいですか？」

いつもの、というのは、コンビニコーヒーにあんぱんである。

もうすっかり香世ちゃんに把握されてしまっている。

「うん。それで――お金渡しておくよ。あまったぶん、香世ちゃんのお駄賃で」

千円札を一枚。

今日はサービス残業になるのは間違いない。給料も少ないであろう香世ちゃんのためにサービスしてやらないと。

「お駄賃、って、子どもじゃないんですよ」

「ふぉふぉふぉ。香世はいい子じゃのう」

「おじいちゃん、ちょっと待っててくださいね」

これもまたいつものようなやりとりで、

「……いつも、ありがとうございます。鷹岡さん」

ちゃんと「ありがとう」が言える子ってすばらしいよな。

香世ちゃんはオフィスから出て行ってしまった。

「…………」

静かだ。

俺はなんとはなしに、オフィスの片隅にあるテレビを点《つ》ける。ニュース番組をやっているようだ。

『――立てこもり事件の続報です。今回の立てこもり犯人は国際的に指名手配されているテロリストであることがわかっており――』

おいおい、立てこもり事件だって。怖い怖い。

まあ俺に影響なければどうでもいいけどな。

窓の前に立つと、六本木を走る首都高が近くに見える。

六本木で働いてる――と学生時代の友人に言うと「すごい」とか言われることもあるけど、実際のところ、すごいのは俺じゃなくて親会社だ。

そう思うと、俺はなにやってんだろうな、って気持ちになる。

『――犯人はロケットランチャーのようなものを持っているようで、あ、今、割れた窓から身を乗り出しているようです――』

零時になると、さすがに明かりのついているビルは少なくなる。

明かりの消えたビル、ってさ……巨大な墓石みたいだって思う。

中は空洞だから墓石ってのも変かな。

でっかいビルを見上げてると、俺ってほんと小さいよな、ってまたまた思う。

「ラビリンス《迷宮》、か……」

迷宮なんてのは、そこかしこにある。

俺がいるビルだって地上三十三階建てだ。

これも一つの迷宮だ。

それに俺が生きてる社会もそうだ。

複雑怪奇で、トラップばっかりで、足を引っ張ったり悪意を剥《む》き出しにしたりの、迷宮じゃないか。

いや……そういうのはダンジョンって言うべきかな？

俺たち全員が、ダンジョンの一員なのかもしれない――なんつって。

『――犯人がロケットランチャーを構えているようです！　付近にお住まいの方は、絶対に外出をせず、くれぐれも気をつけて――』

ん……？

なんだ、あれ。

首都高の向こう、ピカッ、て光った？

よくよく考えたら、なんかパトランプみたいな光があちこちにないか？　完全に音が遮断されてるから気づかなかった。

は？

いや、待て。

なんかが、煙の尾を引きながら、こっちへ飛んでくる。

『――発射しました！　弾頭は首都高を越えて飛んでいきます――』

俺が最後に見たのは、目の前のガラスが粉々に吹っ飛ぶところだった。

――……ボス……――。

ごぼっ、と口のなかからなんか出てきた……オエッ、これ胃液だ。っつうか、口の周りから首から胸元から胃液まみれだ。迷宮主になってからなにも食ってないから胃液しか出なかったらしい。

「ボス！　ボス‼　大丈夫ですか⁉」

俺はダンジョンの床に横たわっていて、見上げるとそこにリオネルの顔がある。

頭がいてぇ……。気分は最悪だ。鏡でもあったら見たいところだけど、きっと顔は真っ青に違いない。

「ああ、ボス、生きてましたか……いや、まぁ、無事で生きてるのはわかってましたけども。大体ボスが死んだら私どもも消えちゃいますし」

「……お前、一言余計って言われない？」

「ボスにはめっちゃ言われますね！」

カタカタと笑うリオネルだが、俺に手を貸して立ち上がらせてくれる。

「あー……風呂に入りたい」

「水を汲《く》ませてきてます」

スケルトンたちが向こうからえっちらおっちらと、金属タライに入った水を運んできてくれる。布きれもあるが、どうやら今日の戦利品らしい。

俺はローブを脱いで顔を洗い、布きれで身体を拭う。ちなみにローブの下はすっぽんぽんなので、スケルトンたちが両手で顔を覆っている――フリをする。

「……で、このミリアってのはなんなの」

「あ、あれ？　ボス、『そういうフリするの止めろ』とかツッコミはなしですか……？」

ツッコミ待ちを相手にする余裕がねーんだよ。

「ええとですね、魔族です」

「知ってる」

「魔力がどうやら悪さをするらしく……触れただけで発動するようなんですよ。ただスケルトンはボスの魔力で満たされているのでなにもなかったようなんですが……」

「む、そうなのか？　……その、自分たちの生前の記憶がよみがえったりは？」

そう、記憶だ。

さっきのあれは……俺が日本にいたときの記憶だ。

鷹岡悠。俺の名前。とある広告代理店の子会社の制作会社勤務。プロジェクトマネージャー、デザインディレクター、進行管理、オペレーション対応……肩書きが大量にある、つまりは「なんでも屋」。

「全然なかったそうです」

リオネルはスケルトンたちの意見を代表して答える。

「そうか……」

つまりミリアには特別な力があったってことか？　さっき、山賊はミリアを殴ったりしていたけど、直接肌には触れていなかった気がする……。

「ボスの生前のダンジョン、すごかったですね。あんなに明るくて精巧な建物、初めて見ましたよ。窓も大きくて透明だし、窓の外には大量の塔が立ってましたね」

「ああ……あれは塔じゃなくてビルなんだよ、あと世界中どこでもそうってわけじゃなくてさ……」

は？

「おいちょっと待て！　なんでお前がそれを知ってんだよ⁉」

「いや、だって、見えましたし。カヨちゃんって言ってるのってあの女の子だったんですね」

「おおおおおい‼　なんで記憶が共有されちゃってんだよおおおおおおおお⁉」

なんかめちゃくちゃ恥ずかしい。ていうか、そうなんだよ、俺がカヨちゃんカヨちゃん言っている脳内ボイスは、「なんかカヨちゃんって感じだな」って思って勝手に呼んでたけど、どうやら香世ちゃんだったらしい。

声は確かに同じだったんだけどさあ……。

「ボス？　どうしたんですか」

「うぐぐ……一回り下の……会社の後輩ちゃんの声が聞こえてくるって……我ながらキモすぎると思って……」

「ボス……」

がっくりとうなだれている俺の肩にポンとリオネルが手を載せた。

「すっぽんぽんでゲロまみれの今に比べたら、たいていはキモくないっすよ」

こいつ一回殴ろうかな……。


ミリアはずっと寝ていた。夜が明けて昼になってまた夜が来て次の朝が来ても寝ていたのだから、なんかもう人間とは違う生き物なんだろうと思うことにした。わからないものをあれこれ考えても仕方ない。「思慮深きクライアント様がなにを考えているのか推測するなどおこがましいことであるブチ殺すぞアイツら」と酔ったはずみに営業担当者が言っていたがつまりはそういうことだ。

営業はつらいって話だ。

違う。同じ人間のことですらわからんことといっぱいあるんだから、人間とは違う種族のことを考えてもしょうがないってことだ。

いや、ほんと、記憶がよみがえったおかげで鷹岡悠としてのあれこれがいろいろ思い出される……うん……俺の人生、そんなに楽しくなかったかもしんねーな……思い出さなきゃよかったかもしれんな……。

「ボス」

前世でのことを思い返していた俺のところにリオネルがやってくる。

「あの子、どうするんです？」

「どう、って……寝かしておくしかないだろ」

「その後ですよ。起きたら？」

「本人の希望に任せる」

「本人がここにいたいと言ったら？」

「まぁ……いさせるのかな」

「どうしてですか、ボス！　働き者のスケルトンを差し置いて魔族を置くなんて！」

うるせーなコイツ。スケルトンのポジショントークなんか聞きたくないわ。

「なんなん、お前、魔族の子どもにマウント取ろうとしてるの？」

「いえ……ただ、本気か聞きたかっただけですよ。食事も用意しなきゃならんですし、一般常識を教えたりとか……」

子育ての心配かよ。心配が早すぎる。

「……ま、大丈夫だろ」

「？」

「なんだよ、そのキョトンとした顔は」

「ボスにしてはすんなり受け入れたなぁって……」

こいつ鋭いな。

実は——俺の記憶がぶちまけられた瞬間、一瞬、ほんの一瞬、俺の記憶じゃないものが見えたんだ。

暗い部屋。目隠し、マスク、手袋までさせられ、肌の露出が一切せず、身体の自由を奪う鉄球を足につけられて何日も過ごす。

それは——たぶん、あの子どもの記憶だ。

ここにいる間くらいは、自由にさせてやりたいと俺は思ったんだ。

「ボス」

「……なんだよ。まだなにかあるのか？」

「来たようですよ」

「！」

リオネルを見ると、ヤツは伝声管の前にいた。俺が聞いても「カチャカチャ」という骨の当たる音しか聞こえないのだが、リオネルはそれでスケルトンたちと意思疎通ができる。

「来たか……ついに」

「はい」

俺は立ち上がる。

待ちに待った——調査隊だ。

山賊どもを追い払った翌朝、つまり昨日の朝、乗合馬車が通りがかった。

もちろん、ちょっとした騒ぎになった。

乗合馬車が止まるや、冒険者たちが街道に降り立つ。そして山賊を見つけてなにかを叫ぶ。山賊が縛られているとわかると近づいていき、なにかを確認した。山賊は目を覚ましていたようでなにかを話していた。

冒険者はちらりと迷宮のある山を見た——うむ、うむ、スケルトンの襲撃を聞いたな？　たぶんその冒険者が確認したのはスケルトン歩兵部隊が飛びだしてきた場所と、弓兵部隊が撃った場所だ。そこはすでに俺が適当な岩で塞いでしまっているけどな。

冒険者は山賊の一人だけを捕まえると急いで馬車に戻り、来た道を引き返した。

死体や他の山賊は置きっ放しで。

いつ俺たちに襲われるかわからないと思ったんだろう。

で、街に報告に行ったんだな。

その翌日——つまり、今。

調査隊がやってきた。

「おおっ」

監視部屋から見下ろす。

街の方面からやってくる、十人程度の歩兵——おぉ……みんなそろいの鎖帷子《チェーンメイル》だ。頭はとんがってる鉄兜《てつかぶと》。長い棒のてっぺんからぶら下がっている、赤色の旗。旗印まではよくわからんが。

一人だけ馬に乗ってる……ん、その向こうはなんだ？　馬車？　乗合馬車っぽいけど——あ、そうか。朝の乗合馬車が出なかったもんな。歩兵は調査隊兼護衛ってところか。スケルトンに襲われないように。

ミリアを運んできた正規兵とはちょっと雰囲気が違う。

「ボス、どうします？」

「無論、やる」

「…………」

「なんだね、リオネルくん」

「……いやあ、本気でこんなことやるのかなあ、って……」

「今さら怖《お》じ気づいたとは言わせんぞ」

「そういうことじゃないですけど……」

「では準備しなさい」

「はい」

のろのろとリオネルが離れていく。

「なんだあ、あいつ……なにがそんなに気乗りしないんだ？」

ただ迷宮を公開するだけだぞ？

「総員、準備はいいか⁉　三十秒で支度しな！」

伝声管を持って俺が叫ぶ。このセリフは言ってみたかっただけだ。

何事にも気分が重要なのだ。気分が。

三十秒で支度とか言ったけど、すでに準備は完了しているので二十秒ははしょっちゃう。

「迷宮公開十秒前！」

兵士たちが近づいてくる。

距離としては三〇〇メートルほどか。

ちょうど草原が切れて、森と、崖の狭間の街道に入ってきた。

「九！　八！　七！　六！　五――」

そう、迷宮を公開するだけ。

だからたいしたことはない――。

「四！」

ワケがない。

これはセレモニーだ。

俺の迷宮が、この世界に華々しくデビューする、グランド・オープニング・セレモニーだ。

ＵＸを真剣に考えた俺のアンサーが、これだ。

「三！」

まずは第一印象。

末代まで語り継がれる――と言ったらおおげさだけど、これを見た連中が街に戻って話題《バズ》らにさせるくらいのインパクトが必要だ。

「二！」

プロデュース俺。

ディレクター俺。

デザイナー俺。

プランナー俺。

そして参加者は――、

「お前らだッ！　調査隊たちよ！　一！　――あ」

もう、公開が始まってた。

ああああ、白骨どもぉぉぉ～～～。

＊アルス＊

特級冒険者アルスは朝、北部方面へ向かう乗合馬車を逃していたために昼すぎまで待たなければならなかった。

そのせい――おかげ、と言っていいのか。

冒険者ギルドに飛び込んできた情報を耳にすることができたのだ。

「東部方面乗合馬車が山賊をふん縛って戻ってきたみたいだぜ。しかもやったのはスケルトンだってぇ話だ。ごろごろ死体があったんだとさ」

なんだって？　スケルトンが山賊を？

確かにあそこには山賊がいるという話だったが――山賊がスケルトンとどうして戦う？

「その話、ちょっと聞かせて欲しいなあ～」

「う、うおっ、こいつぁアルスさんじゃないですか」

これでもアルスは有名人だった。

身長は一六五センチ程度と小柄だが、ブルーの髪に眼、魔法も使えれば剣も使えるという器用な戦闘スタイルで特級冒険者にまで上り詰めた。

ちなみに「特級」というのは、ほとんどの冒険者が望める最上の階級だ。

下級、中級、上級ときてからの特級。

一応この上に星級というものがあるが、よほどのことがない限り与えられない。

「どうしてスケルトンが山賊と戦うんだい？」

「それは俺にもわかりませんや。どうも山賊がそうウタッてるってぇ話で」

「山賊は生きていたんでしょ？　なぜ逃げない？」

「縛られてましたよ」

「乗合馬車の連中が縛ったんだろう？」

「いや、どうも乗合馬車の連中が言うには――たまたま俺の知り合いも乗ってたから教えてもらったんですがねぇ」

と、冒険者はアルスに話しかけられたのがうれしいのか得意げにぺらぺらしゃべる。

その周囲に他の冒険者も集まってきた。

「もう、縛られて、転がされてたってぇ話で」

それは――不可解だ。あまりにも。

「なんでスケルトンが山賊を縛るの？」

「……俺にはわかりませんぜ。骨どもの考えることは」

「ふむ――わかった。ありがとう」

これ以上情報は得られないだろうと踏んだアルスは、周囲を見回すと、

「東部方面、誰かいっしょに行かないか？　スケルトンが出たということは死霊術師がいるはずだ」

　ざわっ、と冒険者たちの間にさざめきが走る。

　それもそのはず。死霊術師がスケルトンを召喚している――山賊を倒せるほどの。となれば、とんでもない魔力の持ち主であり、さらには、

「魔法宝石を持ってるかもね」

　一粒手に入れれば一か月は遊んで暮らせるだろう魔法宝石を持っている可能性が高い。

「マジかよ。行こうかな」

「おいおい……山賊を殺すようなスケルトンだぞ。きっとすごい数が……」

　怖じ気づく者もいる。

　そこへアルスは続ける。

「領主様の兵士も出るだろう。山賊の残党を探すためにね」

　安全はこの街の兵士が担保してくれる――。

　となれば、冒険者である。

「行くぜ！」

「俺もだ、行くったら行く！」

「あーんっ、あたしのパーティーメンバー今日に限っていないんだけど～！」

「アルスさん、行きましょうや」

十人を超える冒険者たちが賛同した。

アルスはにっこり笑う。

「ではみんなで乗合馬車へと向かおうか」

ぞろぞろと冒険者を引き連れていく――なぜ、アルスはこんなことをするのか。

危険《リスク》を回避《ヘッジ》するためだ。

基本的に一人で行動するアルスは、不確定要素――今回の場合は「山賊に勝てるスケルトン」――がある場合には、少しでも危険が少なくなるように振る舞う。

これだけ人間がいれば不測の事態があっても大丈夫だろう。

（少なくとも、僕が逃げる時間くらいは稼げる）

冒険者が増えることで、得られた獲物が減ってしまうことは仕方がないと割り切る。

これが生き残るコツだ。

もちろん、うまく他の冒険者を出し抜いて魔法宝石を手にしてやろうとも思っている。

さわやかな弁舌、無邪気な笑顔の裏。

アルスはしたたかな打算を持って生きていた。

「ふうん、ここがねえ」

アルスを載せた馬車は草原のなだらかなエリアを抜け、鬱蒼《うっそう》とした森を貫く街道を通り、崖沿いの道へとやってきた。

領主の派遣した兵士たちに合わせているために速度はゆっくりだが、贅沢《ぜいたく》は言えないだろう。

先頭をゆく兵士長が騎馬の足を止める。それに合わせて行軍は止まり、馬車も停車した。

「………？」

そのときアルスは得も言われぬイヤな予感を覚えた。

馬車から飛びだし、背の高い草むらの陰に入り、身を伏せる。

「あれ？　アルスの旦那、どこですか？」

「おっかしいな。さっきまでそこにいたのに……」

イヤな予感があった場合、なにがなんでも身を隠す。たとえただの気のせいであったとしても――そうでなければ生き残れない修羅場を、何度も、アルスはくぐってきたのだ。

「えー、ではここから山賊が出たという領域に近づくが――」

兵士長が兵士たちに演説をしている。

なんだ……？　このイヤな予感の元はなんだ……？

草の陰から、街道の真上にそびえる崖をうかがう。

違う、そっちじゃない……。

「――練度の高い我々と山賊とでは戦いにもならないほどの実力差がある。貴様らは油断さえしなければ勝てる――」

「あれ？」

「なんだ……あれ」

「――こら、貴様ら、私語を慎まんか」

あ――。

アルスも、気がついた。

「兵士長、あそこの崖――」

兵士長が言いかけたところだった。

ガラッ……。

ガラガラ……。


ゴゴッゴゴゴガガガラガラガラガラガラドド！！！！！！！！！！！！

「うわあああああ⁉」

「崖崩れ！」

「山だよ、山が崩れてきたんだ‼」

アルスはすでに走っていた。背を向けて逃げていた。

なんだ、なんだ、なんだ⁉　なにが出てくるんだ⁉　竜か⁉　ゴーレムか⁉


ちゃ〜ちゃ〜ちゃちゃちゃちゃ〜ちゃちゃちゃ〜ちゃ〜ちゃ〜〜〜〜〜♪


「…………は？」

マヌケな音楽。

思わず足を止めた、アルス。

立ち上る土煙。

山は切り立った崖——というか、つるりとした壁面をこちらに向けていた。

もはや「崖」とは言えない。巨大な、あまりにも巨大な「壁」だ。

そこに——彫られていた、文字。

『ホークヒル』

打ち上がるなにか——魔法だろうか——ぽんっ、ぽんっ、と大空で弾けて小さな光と煙が散る。

《――ここはホークヒル。一攫千金《いっかくせんきん》を夢見た冒険者たちの、夢を叶えられる場所。失敗しても命は失わず、ケガすらしない。ここは理想のダンジョンなのです――》

女性の声が、聞こえてきた。

「…………」

「…………」

「…………」

「…………」

「…………」

「…………」

「…………」

「…………」

「…………」

「…………」

「…………」

風に乗って土煙がこちらに流れてくる。

それを浴びても、たっぷり一分は誰もなにも言わなかった。

「……なんだこれ?」

若い兵士が言った。

その言葉は、すべての人間の思いを代弁していた。

＊迷宮主＊

「いよっしゃあ〜〜！　はい来たこれ！　バッチリだ！　バッチリ山が崩れたぞ、リオネル！」

「はあ」

「兵士だけじゃなくて冒険者らしき連中もいたな！　よっしゃあ！　ギャラリーとしては十分だわこれ！　つかみはオーケー！　なっ、リオネル！」

「はあ」

「……あのさ、その手応えのない反応止めてくれる？　これでも俺、ボスなんだけど？　アイムボス。ユーアー」

あれ、「部下」って英語でなんていうんだ？

「いやあ、ボス、見てください。私とおんなじ反応ですよ、あの人たちも」

「え？」

監視部屋に戻ってきたリオネルに言われた俺は、監視窓から身を乗り出してオーディエンスたちの様子を確認する。

ぽかーん。

って感じだった。口開いて、あんぐり。

え、えええ～～？　ちゃんとキレイに壁が現れただろ？　ちゃんと外壁に彫られた文字だってバッチリ読めるはずだろ？（文字はリオネルに教えてもらった）

「ホークヒル」だって「鷹岡」から取ってるんだぜ？　花火もきっちり上がったろ？　それに音声再生もうまく行ったはずだ！

これらは全部トラップだけどな。

あらかじめ壁面部分は俺が一度掘っておいて、そこにトラップを埋め込んでおいた。ボタン一つでストーンと切り離されて落ちていくように。石だけにストーンってわけではない。

落ちた先にもトラップだ。落ちてきた石や土、岩盤を吸収するトラップ。これは俺が空間精製《リムーブ》するときの感覚を詳細に思い出して、その効力を地面に付与した。離れた場所で空間精製《リムーブ》ができる優れものだ。

花火もトラップだ。火薬成分の組成は難しかったけれども、リオネルが火薬を知っていたのはラッキーだった。試行錯誤を繰り返して火薬玉を造った。それを、筒から打ち上げて破裂させる。夏の夜空のキレイな花火とまではいかないが、運動会の朝に上げる程度のものは造れた。ま、これから冒険者たちの大運動会が始まるんですけどもね！

最後はカヨちゃんの言葉だ。俺の中にしか聞こえない彼女の声を、大音量で外に向かって流すトラップを造った。音を流すことは難しくなかった。所詮音なんて震動だからな。薄い膜を造って震動させればイケるんである。カヨちゃんの声を再現するのと、音量を大きくするところで手こずったけどな。

この計画のために何度もカヨちゃんに話しかけて、聞かせてもらったのだけど、計画の詳細を知ったカヨちゃんはなぜか機嫌を悪くしてそれ以後言葉数が少なくなった。とは言え、カヨちゃんの機嫌の良かったころを知らない俺にとってはなんてことはない。

《…………》

はっ！　カヨちゃんがにらんでいる気がする！

アレか？　俺にだけ囁《ささや》いていたいのに他の男どもに聞かせてしまったのがイヤなのかい？

《…………》

「リオネル、なんだかこの部屋寒くね？」

「私骨なんで温度とかよくわかりませんけども温度ってボスがコントロールしてるんだから暑いも寒いもないんじゃないですか？」

「そ、そうだな」

カヨちゃんについて触れるのはもう止そう。これは開けてはいけない危険な宝箱である気がする。

ちなみに会社の後輩であるカヨちゃんの声が脳内で聞こえるのってキモすぎんか、という点についてはあきらめた。テロリストにロケットランチャーをぶち込まれる直近で会話量が多かったのは香世ちゃんだったのだから仕方ないじゃないか……あと俺はキモい。それも認めよう。

「ともかくだな、リオネル！　インパクトとしては十分だし、声でも説明したし、最初のプレゼンテーションとしては問題なかったはずだ！」

「はあ」

「問題なかったの！　問題なかったのー！」

「はあ……わかりましたよ」

「わかってない！　リオネルはわかってない！」

「なんか女の子みたいな駄々のこね方ですけどボスの格好はぼろきれ纏《まと》った青白い成人男子ですからね」

「止めろォ！　俺が結構気にしてるところをピンポイントで突くのは止めろォ！」

「あっ、冒険者に動きがありますよ」

「なにっ」

俺はリオネルを突き飛ばして監視窓から身を乗り出した。

＊アルス＊

「あっはははは！　あはははははは、なんだこれ！　なんだよこれ〜！」

「ア、アルスさん……？」

アルスは笑い転げていた。

びびって逃げたのがバカバカしかった。

「あー……もう、涙出てくるほど笑ったわ」

「い、いや、アルスさん、これ笑い事じゃないんじゃ……？　俺、こんなの見たことないですよ」

冒険者の一人が言うと、「俺も」「俺もだ」「私も」となぜか兵士も言ってくる。

「アルスさんにはこれがなにかわかるんですかい？」

「当然だよ」

アルスに、視線が集まる。兵士だけじゃなく兵士長までも。

「迷宮《ダンジョン》さ。それも、ホークヒルという名の」

にっこりと、アルス。

「えーっと……そりゃそうなんですが、アルスさん」

「これはダンジョン。それでいいじゃないか。ねえ、兵士長？」

「む？」

「ここがダンジョンなら僕らの出番、そうでしょう？　兵士長たちは山賊退治だ」

「ああ……ま、まあ、そうだな……」

「山賊は確か、森と崖に挟まれた街道沿いにいるということでしたね。このダンジョンではなく、あちらだ」

「うむ……」

アルスが言ったことは正論だ。

ダンジョン探査は基本的に冒険者の仕事。兵士はもともと山賊の調査と退治のために来ている。しかしそれでも興味がそそられるのか、兵士長はホークヒルをちらちらと見ている。

よし。兵士長の言質《げんち》は取った。

アルスは内心では快哉《かいさい》を叫んでいた。スケルトンが出た場所だから、死霊術師がいるのだろうと思っていたが、それ以上だ。迷宮だ。迷宮があるのだ。しかも新迷宮だ。誰も見たことがない、こんな迷宮。

ダンジョンから産出する宝石、装備品、装飾品、書物……これらはいつ誰がどうして隠したのか、ほとんどわからない。ただ、迷宮主がいて、迷宮主が生きていくためにダンジョンがあると言われている。

ここが手つかずの迷宮なら――莫大な宝が手つかずで残っている可能性が高いではないか！

「行こう。僕らは冒険者だ」

「お、おうっ」

「そうだな、行こうぜ！」

アルスに率いられてぞろぞろとついてくる冒険者たち。

こんなときでもアルスは保険を忘れない。

手つかずの宝があるのなら、手つかずのトラップもまたあるのだ。

最初に特攻するのは、少なくとも自分以外の他の誰かにしたい。

「ふむ……ダンジョンへの入口は、と」

アルスが視線を巡らすと、地上部分がちょっと変わった構造になっていることに気がついた。

まず、先ほど崩れた岩や土が見当たらない。

つるりとした壁面は見上げるほど高いところまで続いていて、頂上は大体五〇メートルほどだろうか？　中腹より上のあたりに「ホークヒル」の文字が彫り込まれている。

がっつりと山は削れており、その部分――めっちゃ広いエリアが、更地になっていた。森の中に突如として現れた空間である。

これがなんらかのダンジョントラップなのだとするととてつもないなとアルスに鳥肌が立った。あのとき、イヤな予感がして隠れたのは正しかったが、もしこのトラップが自分に向いていいたらなすすべもなくあの世行きだ。

アルスは岩壁を見上げる。

……なんだか、彫り込まれた中になにかがありそうな気がするが、「空中浮遊《フライ》」の魔法でも持っていないと確認は難しそうだ。「空中浮遊《フライ》」の魔法は制御が難しく、墜落死することも多いという大変危険な魔法である。

「なんか凹《へこ》んでますねえ～」

のんびりとした声の女性冒険者が言った。

彼女が見ていたのは地上だ。

そう、地上階は崖の内側に凹んでいたのだ。ダンジョンの入口……というわけではない。左右に一〇〇メートルほどに渡って、凹んでいるのだ。キレイに高さもそろっている。四メートル程度の高さで内側にえぐれている。

近づいてみて、さらにそれが異様だとわかった。

「……イス？」

「これテーブルだろ」

「カウンターもある」

アルスの心がざわつく。

……なんだ、これは？　まるで「今すぐここでレストランを始められますよ」とでも言いたげな……。

「奥も広いな。宴会できそうな大部屋があったぜ」

「宴会って、おいおい」

「あっちは細かく仕切られたスペースばっかりだな。こっちが宴会ならあっちは屋台か？」

「ねえねえ、向こうは階段があって二階に続いてたよ」

「二階ィ？」

「五階まであった。部屋があるから、そんならあっちは宿屋でもやれそう……アルスさん？」

気づけばアルスは真剣な顔で考え込んでいた。

「……ここは、古代の街の跡なのか？」

「街の遺跡ってことですかい？」

「そう」

「でも、なんか声が言ってたのは『ダンジョン』ってことっすよねえ」

「そう……それが気になる。大体おかしいじゃないか。ダンジョンにくっついてる宿屋に、レストランに、屋台に、宴会場！」

びし、びし、びし、びし、とアルスが指さした。

うんうん、と冒険者たちがうなずいた。

「非常識だ！」

うんうん、と冒険者たちがうなずいた――とき、

「おおい、こっちにダンジョンの入口があったぞ！」

なぬ。

声に、全員が殺到した。アルスがその先頭だった。

「なに……？」

そして壁に貼られた金属製のプレートを見て絶句するのである。

『現在、ホークヒルは「初級コース」のみオープンしております。「中級コース」「上級コース」については冒険者の皆さんのクリア状況を見て順次公開していく予定です。

入場料金：銀貨一枚
※本ダンジョンは命の危険はまったくございませんのでお気軽にご参加ください。』
プレートの横には、銀貨を入れられそうな穴があった。

「……非常識だ……」

アルスが呆然とつぶやいた。

＊俺＊

「ほらぁ！　だから言ったじゃないですかボスぅ！」

「う、うるさい！」

「非常識なんですよぉ、ここは！」

「うるさい！　入場料を取ってなにが悪い！」

冒険者たちの声は伝声管を伝って聞こえてきていた。俺は彼らの姿もなんとなく見えてるけどね——彼らはダンジョン内にもう足を踏み入れてるから。

どういうことかと言えば、内側にえぐれたエリアだ。あそこは屋根になっているのでダンジョンの一部として見なされているのである。この辺の塩梅《あんばい》が結構難しく、高さも五メートル以上になると屋根にならず、低すぎると圧迫感もあるので何度も何度も調整したものだ。ふっ、何回内側に吹き飛ばされたことか。

「非常識ですよ！」

「うるさーい！」

で、言い争う俺とリオネル。

それを見つめる骨ども。俺が言えば俺を見て、リオネルが言えばリオネルを見る。かちゃっ、かちゃっ、と首の振られる音。

「ううぅ……そんなに非常識だったか？」

こくこくとうなずく骨ども。

そうかよ。

「だってさ、考えてもみろよ、冒険者を呼び寄せて、お前らが押し寄せてぶち殺して俺がレベルアップ……ってちょっとイヤじゃね？」

おい、そこの骨、剣の素振りすんな。なに「殺《や》る気満々」アピールしてんだ。やらねーよ。やらねーから。そういうんじゃねーから。わざわざ「ホークヒル」とかブランディングしようとしてんだよこっちは。流血したらブランドじゃなくてブラッドになるだろうが。

「まーたボスのワケわかんない……戦略《ストラテジー》ですかあ？」

「すべてのプロモーションにはゴールが必要だ。それを叶えるのがストラテジーだ。当然だ！」

「はあ……」

「それをわからんクソクライアントどもが、やれ『コンバージョンが』だの『ＫＰＩが』だの抜かしやがって。覚えたての英語使いたい大学生かよっての。その前にゴールの設定が間違ってたら意味がねえし、長期的な視野を持ってＵＸの設計をだな……」

「や、ほんと意味わからないんで止めてもらっていいですか、ボス」

「そうでした、すみません」

「えっ、ボスが素直……？」

「合法的に金を得るにはこれしか考えられなかったんだよ！　ばーかばーか！」

「素直じゃなかった。逆ギレした。これでこそボス」

リオネル、お前、心底俺のことバカにしてんだろ？

「……迷宮魔法は使い勝手が難しいんだわ」

まずダンジョン内じゃないと使えないから、庇《ひさし》のように出っ張りの内側にいろいろと設置しないといけない。あのレストランふうのエリアも、宿屋ふうのエリアも、ダンジョン内なのである。

俺は冒険者をぶちのめす、という選択肢を消したので、俺ができる手段はすべて「設置系」のトラップだけとなる。

しかも「相手を倒す」のでは「ない」。

だとすると……？

「やるっきゃない。異世界ＳＡＳ○ＫＥ」

「サス……」

「それ以上言うな、リオネル。世の中、どこの何者が商標を登録しているかわからないんだぞ」

「？　とりあえずボス、銀貨一枚払えば、ボスが一人でしこしこ造ってたダンジョンに行けるってことですか？」

一人でしこしことか言うなよほんとこのクソ骨。バカにしてんの？　あぁん？　確かに一人でしこしこするの得意ですけどぉ？　童貞で死んだ俺をバカにしてんのぉ？
《アルスさん、俺、一番乗りしてもいいっすかね？》
そんなところへ、声が聞こえてきた。
《……構わないよ？　僕はあとからついていこう……と思ったけど、どこに入口があるんだろうね》
《とりあえず銀貨一枚入れてみますよー》
銀貨が一枚投入された。
そうして――トラップが、発動した。
《あっ》
《ああ⁉》
《あれ……あれ？　あいつどこ行った⁉》
《まさか……転移魔法トラップか‼》
大・正・解～！

＊アルス＊

まさか、転移魔法トラップだと？　銀貨一枚を投入すると、その者に転移魔法がかかる仕組みになっていたとは……。

危なかった。

自分が最初にやっていたらと思うとぞっとする。

もちろんアルスにそんなつもりはなかった。冒険者をそそのかすつもりだったたし、誰も立候補しなければ煽《あお》るだけ煽って「周囲をもう少し探索しよう」などと言って数人の冒険者をここに残すつもりだった。そうなれば、冒険者だ。好奇心旺盛な連中だ。絶対に誰かが金を入れると思っていた。

「あいつどうなっちまったんだ？」

「転移魔法トラップみてーだけどな」

「さっきのヤツのパーティーメンバーは誰だ？」

「俺とこいつだけど」

「追わないのか」

「いやー、明らかに危険なのに行けねーよ」

「命の危険はないって書いてあるぞ」

「はあ？　お前信じんのかよ？　じゃあお前が追ってみろよ」

「なんでだよ！　俺のパーティーメンバーじゃねえっての！」

冒険者たちがあーだこーだ話しているのを横目で見つつアルスは考える。

どうする。

転移魔法トラップがあるなら迂闊《うかつ》には行動できない。

残念だけど、最初に銀貨を入れたあの冒険者は死ん――。

「うおあ⁉」

誰かの声に、びくりとして振り返るアルスたち。

そこには、

「マジかよ……」

先ほど銀貨を払った冒険者がいたのである。

「どういうことだい？　君、今転移したよね？」

「あ、はい、えっと……なんて言っていいのか……さっきの宴会場みたいなところに戻されたんですよ」

「戻された？」

「いやー失敗したっていうか、クソッ、あんなのわかんねーっつうの！」

「ちょっと待って、落ち着いて。中になにがあったっていうんだ？」

「そう、中ですよ、中！　こーんなでっかい銀塊があって――」

冒険者が両手で大きさを示した――それを見た他の冒険者が、

「銀塊」

「銀……だと？」

「入ってすぐに銀塊⁉」

色めき立った。そして懐から銀貨を取り出すと、

「よっしゃ行くぜ！」

「あ、待て、次はあたしよ！」

「いやいや俺だ！」

ちゃりん。転移。

ちゃりん。転移。

ちゃりん。転移。

ちゃりん。転移。

四人がいなくなった。

「俺も行ってきます！」

最初の冒険者がまたしても挑戦しようという。

「お、おい、君――」

ちゃりん。転移。

「…………」

なんだ……？　そんなに魅力的なのか？

アルスを含めて残された数人の間に、微妙な空気が流れる。

さっきのあの冒険者、「絶対に命の危険はない」と確信しているふうですらあった。

「あーん、もう！　あんなのわかりっこないわよ！」

とそこへ、先ほど銀貨を支払った女冒険者が戻ってきた。

「君！　無事だったのかい？」

「あ、はい。なかは全然大丈夫っすよ。確かに命の危険はない……し、それに」

「？」

「……えっと、うん、あたし、もっかいチャレンジしますわ！　じゃ！」

なにを口ごもった？

ちゃりん。転移。

「おい、あいつ――」

「だよな。目が完全に……欲にくらんでた」

欲にくらんでた？

「……お、俺も行こうかな」

「俺も！」

ちゃりん。転移。

ちゃりん。転移。

ちゃりん。転移。

…………。

結局、アルス以外の全員がいなくなった。

「うおあ！　もう、なんなんだよ！　どけ、邪魔！」

すると最初の冒険者がまた戻されてきて、狭い通路をアルスを突き飛ばすように走ってくると、
また銀貨を一枚取り出した。

ちゃりん。転移。

「…………え？」

なに、なんなの？

そんなにすごいのがあるの？

「…………」

アルスはそれから十分ほど待った。

その間に七人の冒険者が戻り、また中へと入っていった。

「……行ってみるか」

中には危険がないらしい。

銀塊程度ならばたいした価値はないだろうが、危険がないのなら試してみる価値はある。

アルスは懐から銀貨を一枚取り出し、投入した――。


アルスが立っていたのは、三〇メートル四方の白っぽい部屋だった。足下は五〇センチほどの正方形パネル。それが四枚光っている。壁は灰色一色でどこにも継ぎ目のようなものはない。

そこはちょうど部屋の角だった。対角線上の反対側に出口らしきものが見える。そして出口の横――なるほど、あれか――壁がくりぬかれており、そこには銀の延べ棒が鎮座していた。

延べ棒にはちょうど上からライトを当てられているようで、きらきら輝いている。純度も高く錆《さ》びついてもいない。

「……錆びついていない？　なぜだ？　放置されていた銀など錆《さび》がつくに決まっているのに？　油でも塗ってあるのか……だけど油も劣化するぞ」

アルスは怪訝《けげん》に思ったが、その疑問を追究するよりも早く声が聞こえてきた。

『通行可能なパネルを表示するには壁のボタンを押してください。一度だけ点灯可能です。それ以外のパネルを踏んだ場合、あるいはそれ以外のパネルの上部を身体や服の一部が通過した場合、

即座に外へと排出されます』

壁のボタン――振り返ると、背にしていた壁に赤色のボタンが埋め込まれてあった。

「点灯時間五秒」という注意書きとともに。

流れてきた音声と同じ内容を記したプレートもボタンの上に貼られてある。

「ふむ」

アルスは考えを整理する。

他の冒険者はどこだ？

いない……。違う部屋へ転移したのだろうか。いや、銀の延べ棒が見える以上、この部屋に来たのではないか？　いや、待て。もしかすると――同じ構造の部屋が複数ある、とか？

「まさか、ね……」

こんなふうに凝ったトラップルームがいくつもあるというのは考えにくい。だけれどこの疑問はのちほど解消すればいいだろう。このルームを突破したあとに。

次に、この部屋についてアルスは考える。

足元のパネルには転移魔法トラップが埋め込まれている、ということだろう。埋め込まれていないパネルを踏んでいけばよくて、正解のパネルがどれかについてはボタンを押すことで教えてもらえる……。

パネルの順序など覚えずジャンプする、あるいは浮遊魔法で通過する、ということもできない……らしい。通行不可能なパネルの上部を通過するとダメだと言っていた。

つまりはトラップのないパネルを「覚えろ」と言うのだ。

パネルについて。

アルスが踏んでいるパネルは発光しているが、他は黒く沈黙している。パネル同士の継ぎ目ははっきりと見えており、正確に、きっちりとした正方形が並んでいる。

一辺が三〇メートルだとすると、パネル一枚が五〇センチとして、六〇枚かける六〇枚で三六〇〇枚のパネルがここには敷き詰められているということになる。

アルスが目を凝らしてみても、パネル同士に違いは見られない。見た目からはどれがトラップか、わからないというわけだ。

アルスは剣を抜いて自分が踏んでいるパネルに突き刺してみた。

「ふんっ！」

ばりん、と割れた。

でも剣を引き抜いた瞬間……元に戻った。

「まさしくダンジョン、というわけだな」

自然の洞窟を利用したダンジョンの場合は、破壊することで新たなルートを作ることができる。しかしこのように迷宮主が支配しているダンジョンは、破壊しても元に戻ってしまう。

一回ごと使い切りのトラップ——たとえば落とし穴とか——は、迷宮主が魔力を再注入するまで復活しないのだが。

「三六〇〇枚のパネルを覚えるなど、不可能だろうけどね……」

アルスにはある予感があった。

それを確認するためにもボタンを押してみるしかない。

迷わず押した。

「おおっ」

アルスがいる四枚のパネル以外に多くのパネルが発光した。発光しないままのパネルはハズレだということだろう。

特に、銀の延べ棒付近はほとんど発光していない。それでも歩けるルートは確保されているが。

「……消えた」

すぐに光が戻った。五秒が経過したということだ。

ふむ……これなら行けそうだな。

頭の中には発光パネルの場所がくっきり残っている。

「まずはまっすぐ五歩。次に左に六歩。それから右に五歩……あれ」

歩き出して少しすると、あちこちのパネルが黒くなり、元に戻り、というのを繰り返し始めた。

「え、あれ？　なんだこれは、ずるくないか⁉」

そのせいで頭に残っていたパネルの位置が――おぼろげになっていく。

次は、どこだっけ？

真ん中付近にやってくると――先ほど頭に刻んだパネルの位置がわからなくなる。

「……あれ？　この先って確か一枚ハズレがあったよな？　右だっけ？」

白、黒、と変化を繰り返すパネルに囲まれてアルスは途方に暮れる。

「これ……思った以上に厄介だぞ………えーっと、確かゴールに向かって、あそこのルートが」

ぶつぶつつぶやきながらアルスが人差し指を前に突き出し、空間をなぞろうとしたときだった。

「え？」

ぬるり、と空間が溶けたかと思うと、アルスの立っている場所は白い部屋ではなくただの広い部屋――宴会場だった。

「……え？」

「あれ？　アルスさん。アルスさんも挑戦してたんですか？　ああ……やっぱりアルスさんも失敗っすか～。結構難しいんですよねえ」

横には冒険者がいた。

「え、え……？」

失敗？　なんで？

「あ……」

アルスは気づく。

腕を伸ばしたのだ。

おそらくそのときに――転移魔法トラップパネルの上空を通過した。

「あああああああっ！」

悔しい、悔しい、悔しい！

こんな初歩的なミスで！

アルスはダンジョンの入口へとダッシュした――。

＊俺＊

「おおっ、おおお、おおー！　見たかリオネル！　冒険者たちがこぞって参加してるじゃないか！」

「そうみたいですねえ」

俺たちは迷宮司令室に戻っていた。

巨大スクリーンには迷宮の稼働状況が表示されている。

これまでに設置した「初級コース」は三十。これは「三十人が同時に挑戦できる」ということと同義だ。

報酬の銀の延べ棒は……実は、ハッタリだ。

中級成形《リイス》を使って表面を延べ棒っぽく加工した石の表面に、うっすらと銀を貼り付けたにすぎない。

いや、銀もこの山で産出したんだけど、マジでちょびっとしか出なかったんだよな。

「冒険者にバレたら二度と利用してくれなくなりますよ？」

というごもっともなリオネルの心配。だけど俺には勝算があった。

ここを突破されるよりも先に、「本物の銀の延べ棒を作れるだけの銀貨が集まる」だろうってね。

銀貨だってつぶせば延べ棒を作る材料になる。もちろん不純物がかなり混じり込んでいるだろう。でもそれですら俺にとってはチャンスだ。

なぜだと思う？

まず第一に、迷宮魔法「空間分解《ディスマントル》」で一〇〇パーセント純粋な銀を抽出することが可能。

そして第二に銀含有量が一〇〇パーセントの延べ棒には――莫大な価値があるはずだ。この、混じり物の銀しか扱えない世界においては。

「獲得銀貨量は……五一枚か。開始早々にしてはいいペースじゃないか」

スクリーンには部屋の稼働数、獲得銀貨量（＝参加人数）、平均踏破距離（ここでいう「踏破距離」とはスタート地点からどれくらい進めたか、を意味している）、最大踏破距離、最小踏破距離が表示されている。

スクリーンシステムの仕様を規定するのは大変だったぜ……なにせちゃんと詰めておかないと「製造精霊《クラフトスピリット》」が動いてくれないからな。

「リオネルー。銀貨一枚ってどれくらいの価値なんだっけ？」

「そうですね……銅貨と金貨の間に位置する通貨で、大体銀貨十枚でふつうの宿に一泊できますね」

銀貨一枚五〇〇円くらいかな。

チャレンジが一回につき銀貨一枚じゃ高すぎるかな、という気もしたけど、まあ、それなりの納得感は得られているようだ。

「……しかしボス、このままでいいんですか？」

「ん、なにが？」

「誰も成功してませんよ」

「当然だ。成功されたら困る」

まだ銀の延べ棒を作れるほどの銀貨が貯まってないからな。

ちなみに投入された銀貨は迷宮の奥深くに貯蔵されている。人間が通れるような隙間はなくて、俺だけが「潜伏《サブマリン》」か「高速移動《ファストムーブ》」でアクセスできる。

「うーん……」

「なんだよ、なにか思うところがあるなら言って」

「や、誰もクリアできないダンジョン、みんな続けますかね？」

「…………」

ふっ。

ふっふっふ。

ふっふっふっふっふ。

「ボス、なに笑ってるんですか。やっぱり頭おかしくなりました？」

「なってねーよ。『やっぱり』ってなんだ、『やっぱり』って」

あと周囲の骨ども。お前らもおろおろすんじゃねーよ。真実味が増すだろうが。

「リオネルはわかってない。わかってないなー」

「？」

「人間ってのは、賢い生き物だ。でもって想定外のことを企むもんだ」

「はあ……」

「QAを三回通したWEBイベントであり得ないエラーをたたき出すのがユーザーだ」

「きゅー……なんですか？」

「気にするな。いいから見ておけ。――っていうかお前、最初は『こんな簡単なトラップ、すぐにクリアされますよ』って言ってなかったか？」

「はてさて？」

いや言ってた。間違いなく言ってたのにこの白骨は。

「こういうのは『お、簡単そう』と思わせて失敗させるってのがいちばんいいんだ。そうするとムキになる。金を使う」

「……人間は賢くて想定外のことを企むんじゃないんですか？」

「そうだよ。とりあえずは、俺の想定内だったけどな」

まず銀の延べ棒に向かって魔法をぶち込んできたヤツがいた。

でも飛翔する魔法もその人間の一部とみなしている。飛翔体が転移魔法トラップの上をかすめた瞬間、転移魔法が発動する。

魔法を使えなくするとかそういうことができればいいんだけど、できないんだよな。俺、魔法のメカニズムとか全然わかんないし。

弓矢も同様にアウト。

次に、壁を歩くヤツが出てきた。なにそれすごい。って思ったけどそれだけだ。パネルの上の空間も、すべてトラップ対象にした甲斐《かい》があったというもの。

次に、トラップの位置を示している五秒間——つまりパネルがわかるうちにダッシュした者がいた。それには、一歩踏み出した瞬間、正解パネルの表示を消すことで対応している。

次に、足元のパネルを剥がそうとしたヤツがいた。剥がしても修復するのだが、修復完了まで多少のタイムラグが発生する。その隙に走り抜けようって魂胆だろう。

だけど、剥がしたところでトラップは発動するのだ。そいつは勘違いしていたのだが、実は足元のパネルに転移魔法トラップが仕込まれているわけじゃない。パネルを含むそのエリア自体がトラップの指定範囲なのだ。そしてなんと、トラップ自体は天井の奥に埋め込んである。パネルを剥がしてもまったく意味がない。

「ボス、もうこれクリア絶望的じゃないですか？」

「んなワケないだろ。攻略方法はいろいろある。ただその方法に思い至るまで時間がかかるというだけだ」

五秒間のトラップ表示中に写真撮るとかな。写真魔法みたいなのがあれば、の話だけど。

あとは瞬間記憶能力者が来たら一発で終わりだ。

「いやいや……ないっすよ。ボスがどんな攻略方法を考えてるかわからないですけど。あまりに非常識なダンジョンです」

「そんなことないっての。非常識非常識言いすぎな？」

現代だったらどんなに難しいＷＥＢやアプリのイベントでも、ＳＮＳに情報がさらされて有志が検討を始め、最適な攻略法を一時間後には編み出してくるんだぞ。その三十分後にはバグ利用技まで出てくる始末。もうほんとやめてよぉ！

「転移魔法トラップをこんなことに使うダンジョン、他にないですよ？」

「その自覚はある。だけどな、人間の最大の武器は――知恵だ。見ろよ、ヤツら、相談を始めたぜ」

俺の目にはぼんやりと見える。冒険者たちが集まり、額を集めている姿が――。

「……えっとボス、私たちにはそういうのが見える能力がないんですけど……」

そういやそうだった。

＊アルス＊

アルスはそれから五回ほど銀貨を投入しては挑戦に失敗し、ようやく頭が冷えてきた。

というより懐に銀貨がなくなったので必然的に目を覚まさざるを得なかった。金貨と銅貨はあるのだが、ここでは銀貨しか使えない。

「……みんな、集まって話し合わないか」

「アルスさん？　俺、もっかい行こうかなって……」

「みんなの持ってる情報を集めたほうが攻略は早いと思うんだ」

「…………」

たまたま三人の冒険者がいて、彼らは視線をかわし合っている。

他のヤツに先を越されるのがイヤ、とありありと顔に書いてある。

「考えてもみなよ。僕らが同時にダンジョンに入っても他の人間と会わないだろう?」

「え? それはまあ……そうっすね」

「つまり、このダンジョンには複数の部屋が存在するということだ。そして銀の延べ棒はいくつもある」

「!」

アルスはほとんど確信していた。

五回挑戦して五回とも違うトラップ位置だったのだ。であれば、その五つの部屋がすべて違う部屋だと推測される。

しばらくしてすべての冒険者が集まってきた。そこは、レストランのようにテーブルやイスがあった場所だ——とはいえイスは石材でできているので動かすのも一苦労だ。

夕焼けが草原を照らしていて、アルスたちのいる場所はすでに薄暗い。

「それじゃあそれぞれの情報を持ち寄ろう」

テーブルには冒険者たちのランタンが載っている。

「俺は四回やったけど、見た目は全部同じだった」

「でもトラップのパターンは毎回違ったよね?」

「ダンジョン内じゃあ、誰とも会わなかった」

「あたし、鉱物には詳しいんだけど、遠目で見た感じ、あの光は間違いなく銀だと思うよ」

「……俺はトラップには詳しいが、こんなトラップは見たことねえな」

口々に言うのをアルスが手元の植物紙に書き込んでいく。

「それじゃあ、最高到達ポイントを教えてくれる？」

と問うと、一瞬の間があったが、

「……お、俺はあと一歩ってところまで行ったんだよなあ！　あー、あれは惜しかったぜ」

「俺もだ！　俺もあと一歩……」

「俺も俺も」

みんながみんな「あと一歩」まで行ったらしい。さすが見栄っ張りの冒険者たち。これには苦笑せざるを得ない。

……まあ、いいか。どこまで行けたかなんてたいして重要じゃないしな。

アルスは質問を変える。

「それじゃ、最初の五秒間に表示されたトラップ以外の場所で、転移魔法が発動したことはあっただろうか？」

「あーっ！　それだよそれ！　俺、あと三歩で着くってところで発動してよ！　あのインチキはひでぇって思ったぜ」

すると、「え？　じゃあ絶対に銀には届かないってこと？」「ひでぇな」という声が聞こえてくる。

「…………」

アルスはちょっと考えてから、

「それは、単に君の記憶違いということはない？」

「記憶違い……って、え？」

「他に、トラップがあり得ないところで発動したと思う者はいる？」

アルスが聞くと、二人ほど手を挙げた。

「……難しいところだね。こういうのはさ、思い込みがあるじゃないか。『これはトラップパネルだ』『ここは安全だ』という。そして失敗すると『こんなはずじゃない。間違っているのはダンジョンのほうだ』と考えてしまう……」

「そ、それはそうかもしれねーけど、俺は間違ってねえ！」

「もちろん、君の言う可能性は否定しない。このダンジョンがムカつくほど狡猾《こうかつ》で、絶対に僕らをクリアさせない気かもしれない。ただ――もうちょっとチャレンジしてみたいかな。他のみんなはどう思う？」

アルスが水を向けると、戸惑いがちに、あるいはやる気に満ちてうんうんとうなずく冒険者たち。

よし。

冒険者を促せばこれで――いろんな実験ができるな。

アルスは心の中でにやりとした。

「んんん、でもなあ……俺は、このダンジョンはすげぇいやらしいんだと思うんだよ」

さきほどの「インチキ」発言をした冒険者だ。

「どうして？」

「だってさ、あんな簡単なトラップ、慣れたらすぐクリアされるだろ。そうしたら銀の延べ棒を持ち出し放題になるじゃねーか。だから絶対にクリアできない仕組みになってると思うぜ」

だよな、とか、そうだぜ、という声が聞こえてくる。

なるほど、とアルスはうなずく。やはりこいつらはバカだな。そんなに簡単ならすでに誰かしらクリアしているだろう？　実際には誰もクリアしていないのに、自分ならばできるという自信だけはある……。

しかしそれはアルスからしたら好都合だった。前のめりの冒険者から情報を引き出せるだけ引き出してやろうと決意を新たにする。自分の懐は痛まない。

「一つ僕の考えを披露するよ。このダンジョン、クリアされることも想定の範囲内なんだと思う」

「……へ？　な、なんで――」

「理由は、ここだ」

アルスはイスやテーブルを指さした。

「レストランに宿泊施設。なぜこんなものがあるのか？」

「……え？　さぁ……」

ちょっとは考えろ、バカめ。

「この施設は、『何度も冒険者が挑戦することが前提』のダンジョンなんだよ。誰も彼もクリアできなければすぐに廃れる。逆にすぐにクリアされて銀塊が持って行かれてもダンジョンに来る人間はいなくなる。つまり、『そこそこ僕らが勝てる』ことが重要なんだ」

「？」

「『そこそこ勝てる』からこそ人はリピートする」

「？？」

冒険者たちの表情は疑問に満ちている。

ちょっと彼らには難しいかもしれない。

「これも単なる予想だけど――このトラップに慣れれば、結構簡単にクリアできる。そして何度もクリアするべくここに滞在することになる。だって、君も言ったろ？　銀の延べ棒取り放題だ、って。一度クリアできたら何度だってやりたくなる。しかも、これは初級コースだ。初級の上、中級や上級はもっといい報酬が出る可能性もある」

「お、おお……確かに」

萎えかけていた冒険者の目には、新たに光が点《とも》った。

ふん、ちょろいぜ。

アルスの心の中は誰も知らない。

＊俺＊

俺、冒険者たちの会話が気になって入口までやってきていた。潜伏《サブマリン》を使って壁の中から出てきてさ。カウンター裏に座って聞いてたんだよ。

アルス、って呼ばれてるこいつ——すっげー頭いい。

いちばんやりづらいのは、製作者の意図を見抜いた攻略方法を編み出すヤツだ。こいつにはその片鱗《へんりん》が見え隠れする。

俺が思ってる以上に早くクリアされちまうかもな……。

「くっくっくっ……」

だがな、それこそこちらの思うつぼ、だ。

俺が想定していた最悪のケースは「ホークヒルが誰にもクリアされずに過疎ること」だったからな。

そもそもこのダンジョン、元手は俺の労力だけ。払い出しが多少かさんでもいいが過疎ったらどうしようもないのだ。なんせ俺はダンジョンから出られないんだ。

せいぜい踊ってもらうぜ、アルスさんよ。

「よし、それじゃもう一度挑戦したい者は――」

アルスが言いかけたときだった。

ちゃ～ちゃ～～ちゃちゃちゃ～ちゃ～ちゃ～～ちゃちゃ～～♪

唐突に流れ出す「蛍の光」。

『本日も、ホークヒルをご利用いただき誠にありがとうございます。本ダンジョンは日没と同時に入場ができなくなります。すでにダンジョン内部にいらっしゃる方は、強制的に排出されますが、その場合、入場のために支払った銀貨一枚は返却されます。明日は日の出と同時に入場が可能となります。皆様のまたのご利用をお待ちしております』

「…………」

「…………」

「…………」

「…………」

「…………」

「…………」

沈黙ののち、ええ～～～～～～!?　という声が冒険者たちからあがった。「なんじゃそりゃ!?」

「迷宮に時間制限とか聞いたことねーぞ！」「とことん非常識だな……」最後のはアルスだ。

冒険者諸君。

生活リズムは大事にな。

身体は冒険の資本だぜ？

「またのご利用をお待ちしております」

そうつぶやいて俺は、迷宮司令室へと戻った。

ホークヒル（一日目）

総売上高：銀貨八九枚

初級踏破者：〇名

中級踏破者：〇名（未実装）

上級踏破者：〇名（未実装）

＊ルーカス＊

街の東部方面に新しいダンジョン「ホークヒル」ができた、という話をルーカスが聞いたのは、ホークヒルが出現して七日経ってからだった。

このルーカス、商人見習いである。中堅の食品問屋の三男であり、ゆくゆくはそこで働くことを親も期待しているのだが――いかんせん本人はのんびりしていた。

生き馬の目を抜く――どころか山賊の目を抜く（物理）ことも必要とされるようなこんな世界である。両親はルーカスののんびりした性格を心配し、

「とりあえずな、お前な、一人でなんか商売やってみろ」

と、まとまった金額を渡してルーカスを街に放り出した。

「商売と言いましてもねぇ……」

渡された金額を使って宿に泊まり、日がなぶらぶらして過ごしていたルーカス。二か月が経過し、いよいよ懐が寂しくなってきた頃合いである。

「ダンジョン……ホークヒル……行ってみましょうかねぇ」

物見遊山《ものみゆさん》の気分である。金もなくなってきたのに動じないあたりが、親に心配されるゆえんである。

他の商人たちも新しいダンジョンの情報はつかんでいるはずだ。しかし、まだ誰も動いていない。理由は明白で、街にあまりに近いのだ。ダンジョン近辺に臨時店舗を出しても、街より値段が高ければ客は街まで戻るだろう。それにダンジョンは、いつ踏破されるか知れたものではない

——これが、商人たちの考えだった。

さて、乗合馬車でダンジョンにやってきたルーカス。

そこの——カオスぶりに驚いた。

「なにこれ、みんな冒険者なの？」

更地で炊き出しをやっている連中、そのそばにはテントがいくつかある——あとで聞いたところ、迷宮内部で泊まるのは「気持ち悪い」ということで、冒険者たちは更地に寝泊まりしているらしい。

石材でできたテーブルとイスを使って賭け事に興じる冒険者。

両替で儲《もう》けようとしている冒険者。

情報を売る、と言い張って小銭を稼ごうとしている冒険者。

とにかく冒険者ばかり——パッと見で五十人はいるんじゃないだろうか。

ダンジョン内部に入り込んでいる冒険者を考えると……かなりの盛況だ。

「あのー。ここの迷宮はそんなに儲かるんですか？」

赤い髪の女冒険者に聞いてみると、

「いんや、お金が消えてばっかりだよ」

「……へ？」

「儲かったのなんてアルスの旦那くらいじゃないかな？」

くい、と女冒険者がアゴをしゃくると、イスに一人座って植物紙を積み上げてうんうん唸《うな》っているアルスの旦那――ルーカスも名前くらいは知っている、特級冒険者――がいた。

彼の周りには五人ほどの冒険者が集まっている。何事か話し合っている、というより、アルスの言葉を聞き漏らさないようにしている、というのが正しいかもしれない。

「なにか宝箱を引き当てたということですかねえ？」

「違うって。……あんた、なんも知らないんだね。とりあえず習うより慣れろ。やってみたら？」

女冒険者はくいっと親指で奥を示す。

「ええと、あのー……自分は商人でして」

「あっはは。見りゃあわかるっての。大丈夫だよ、商人だろうが命の危険はないし。冒険者のほうがむしろクリアは難しいんじゃないかって気がするよ」

「……はあ？」

「ま、やってみな。銀貨一枚だ」

「あ、これは失礼を……」

女冒険者が情報料をねだっているのだと思ったルーカスはポケットをまさぐるが、

「違う違う。ダンジョンに入るのに銀貨一枚必要ってことよ」

「……はあ？」

ますます、わからないルーカスだった。

ルーカスは初級コースに入場した。アナウンスを聞いたあともぼんやりしていた。

ワケが、わからなかった。

こんなダンジョン聞いたことがなかった。商人とはいえダンジョンがどんなものかくらいは知っている。

ボタンを押してみた。トラップの位置が現れ、消えた。向こうには確かに銀の延べ棒が見えている。

足を踏み出してみると、白の点滅が始まった。記憶の中のトラップの位置を上書きするように。

「……なんですか、これは」

なにもかもが意味不明だった。

ダンジョンと言えば、パーティーを組んで侵入し、モンスターを倒すことでその素材を手に入れる場所だ。宝箱があり、一攫千金を狙える場所だ。新たな魔法や技術に目覚める場所でもある。

こんなふうに、謎が示され、それをクリアするよう求められる場所ではない。

しかも命の危険がないとまできている——半信半疑だったが、モンスターがいないのなら確かに命の危険はなさそうだ。

「……なんですか、これは」

もう一度つぶやいた。

——目的は？

——仕組みは？

——冒険者はとっくに適応している。

——むしろ商人のほうが適応できないかもしれない。

——誰が作った？

足下が点滅する部屋で彼は口を開いた。

「——迷宮主さん、もし聞いていたらでいいんだけど……教えてくれませんか？　なんでこんなものを作ったんです？」

返事は、ない。

「ふう……そうですよね。きっと、あなたに会えるのは、ここをクリアした人間だけ……」

確信に満ちた足取りでルーカスは一歩を踏み出した。

ルーカスは一度も立ち止まることも、迷うこともせず、部屋の奥へと進んでいく。

そして、銀の延べ棒の前に立った。

「もらうよ」

手を伸ばした——瞬間、彼は転移した。

「…………」

なにもない部屋だ。

一五メートルほどの直方体。天井がぼんやり明るい。足下は岩石をスライスしたパネルがはめ込まれていて、美しい模様を描いている。

部屋の中央には祭壇のように美しい台座が置かれてあった。だけれどそこにはなにも載っていなかった。

ルーカスが祭壇を見つめていると――、

「いや、まいったな……」

背後から、声が聞こえた。

＊俺＊

※時をさかのぼること一日前――。
「あっはっはっは！　見たかリオネルくん！　銀貨だ！　銀貨の山だ！」

俺の前にはどっちゃりと積まれた銀貨があった。迷宮の奥底に貯め込まれていたやつを運んできたのだ。

「すごいですね……」

リオネルもまた唖然《あぜん》としている。

これが七日間の成果だ。

魔族の子ども？　七日間寝てるよ。理由？　知らん。俺も知らなければリオネルも知らん。もうそっとしておくしかない。スケルトンの見張りを一人だけつけておいて離れた部屋に置いておいた。

「くっくっく。七日間迷宮を運用して、利益は銀貨一一三五枚。昨日の来場者数は九十人だ。継続率《リテンション》は高く、1dayで七五パーセントを超えている。ただ3dayで四五パーセントまで落ちているからな、NUのさらなる獲得のためのUA施策と継続プレイを促すシステムが必要だと痛感しているところだ」

「はあ」

「わっははは！　KPIだよKPI！　わからないかね、君ィ！」

「…………」

冷え切ったリオネルの視線によって、覚えたての言葉を使ってみたい大学生みたいだな俺、と反省した。いたいいた。そういうクライアントいっぱいいいた。

「ふー、しかしこれだけあれば銀の延べ棒の一本くらいは作れそうだな」

「一本ですか？」

「含有量がどれくらいあるかわからないからね」

とりあえず銀貨たちを空間精製《リムーブ》し、空間分解《ディスマントル》で純粋な銀を抽出する。

「おおっ！」

ぼん、と現れた銀塊。

でっけえな……二リットルペットボトルぶんくらいある。

これをインゴットっぽく加工するから、中級成形《リイス》を走らせて、と……。

「できた」

およそ五キロ前後のインゴットが三本。残りの銀カスは回収した。

「うーん、こうなると小さく見えるな……一本だけドーンとあったほうがいいかな？　いやいや、やっぱ複数あって積んでないとインゴットっぽくないよな……」

「なんかもう、ボスのやることなすことといちいち驚かなくなってきた自分が怖いですよ」

「ちょっと加工しただけだろ」

「そのちょっと加工するだけのために何人職人が必要だと思ってるんですか……それにこの銀、純銀ですよね？」

「九九パーセントどころか混じりっけなし一〇〇パーセントの銀だ」

「ほら」

ほら、じゃねーよ。なにあきらめに似た境地に至ってるんだよ。

「しっかしキラキラしてるな」

純銀なんて初めて見たけどまぶしいわ。こりゃ財宝になっちゃうわ。

まあ銀を貼り付けただけのニセモノ延べ棒だって輝きだけ見たら同じ純銀ではあるんだけどな。中身のあるなしを知ってるかどうか、って大事よね、うん。

「ボス、これを各部屋に配置するんですか？」

「バカもん。今四十部屋あるんだぞ。何本必要になると思ってる」

「ははーん。百二十本！」

算数の答えは聞いてないから。ははーんじゃねーから。他の骨どもも「オオッ」みたいな顔すんじゃない。

「インゴットに触れたら転移魔法トラップが発動する仕組みだ」

「え……ま、まさか、外に放り出しちゃうんですか⁉　ひどい！　せっかく苦労して、小金を払い続けてようやくやってきた冒険者たちにそんな仕打ちを！」

「違うって。勝手に暴走すんなよ……っていうかお前の中で俺はどんな悪人に仕上がってるんだよ」

ちょっと凹むわ。

「転移させて、ゴール部屋に連れて行けば、一つの部屋に本物のインゴッドを置いておくだけで済む」

「あー、なるほど！」

そんなわけでインゴッドを配置してきた俺ではあったが、

「あ、ボス。クリアされましたよ」

「なななななにぃいぃぃいぃいぃ!?」

報酬部屋に一人いる。あれは——、

「くそっ……やっぱりあいつが来たか」

アルスだ。

頭良さそうなヤツだったもんな……。

「特級冒険者みたいですねぇ」

「特級？」

「冒険者ランクのことですよ。下級、中級、上級とあってその上です。さらに上の星級になるには国王の推薦が必要なんでよほどのことがない限りなれませんけど」

「そんなすごいヤツだったのかよ……っていうかお前なんで知ってる？」

「や、一般常識ですよ。冒険者ランクなんて」

「そうじゃなくてだ。アルスとかいうやつが特級であることを、だ」

「そりゃ聞きに行きましたし」

「は？」

「夜になると冒険者は酒を呑《の》んでましたからね。一昨日、酔っ払ってるところに近寄ってったら教えてくれましたよ」

「は？　お前その格好で？」

「『スケルトンが来たぞぉ』『わはは、なにこいつ、おもしれー』って感じで教えてくれましたよ」

「…………」

この世界の冒険者って大物すぎない？

「と、とりあえずそれはもういいや……できれば次は、行く前に教えてくれ」

「承知」

承知、じゃねーよ。絶対コイツわかってない。絶対服従なんじゃないの？

「銀、持ってかれちゃいましたねえ」

銀を持ったアルスが転移していく。銀を取ったら転移するようになってるからな。

「ボスも、いきなり三本じゃなくて一本ずつにすればよかったのに……」

「一本じゃ寂しいし、しょぼいだろ。大体トラップルームの展示は三本にしてるんだし」

そうなんだよな。三本見せといて実は一本でした、っていうのはユーザーの反感を買う。黄金の地図がいっぱい手に入りそうな画面なのに出現確率〇・三パーセントとかいう鬼畜ガチャみたいなものだ（特定のゲームタイトルの話ではありません）。

手持ちはまたゼロになってしまったが、とりあえずはいい。今はちゃんとダンジョンが回っていることが重要だ。

それに、

「これはいいプロモーションなのだよ。銀の延べ棒三本で、ホークヒルはまた飛躍できる」

「飛躍……？」

「アルスが銀の延べ棒を手に入れた――しかも純度一〇〇パーセントの銀だとわかったら、ここを訪れる人間は爆発的に増えるぞ！」

「あー、なるほど！　……ボス、まさか、と思いますが、最初のダンジョン建設の時点でそこまで考えてました……？」

「当然だろ」

俺がタダで銀をくれてやると思うか？

「でもですよ、アルスがもう一回挑戦したらどうするんです？　銀はないっすよ？」

「そりゃそうだ。供給が追いついてないもん」

「どうするんですか⁉」

「クリアは一日一回だけ」

「え？」

「生体認証があるから。アルスがもう一度やろうとしてもできない」

「……せいたいにんしょう？」

「目の虹彩《こうさい》を確認してる。クリア時点でその人物の虹彩が登録され、次回迷宮進入時に区別される」

　この虹彩認証システムを作り出すのはなかなか苦労したぜ……特にテストをするときにな。なんせ、サンプルが俺しかいないからな……。

「……ボス」

「なんだ」

「非常識ですよ」

「我ながらよくできたと思う」

　虹彩認証はまだまだ日本でもポピュラーじゃなかったしな。

　やってみて、できなかったら別の方法を考える必要があったので、その場合はダンジョンオープンまでもっと時間が必要だった。

「アルスは次に中級ですか」

「うんにゃ……中級公開はもう少し先だな。アルスだけが入場できても、話題が広がらないし。むしろアルスは明日もここに挑戦できるようにしておく」

「え⁉」

「一日一回だけクリア可能と言ったろ？」

「いやいやいやいや、銀はもうないんですよ⁉」

「うん。だからアルスにはレベルアップバージョンをやってもらう」

「……ボス」

「なんだ」

「なんですかそのレベルアップバージョンって……」

「聞きたい？」

「……いえ、いいです」

なんだよ。言いたかったのに。

まあ、より難しくなったトラップルームだな。一回クリアすれば一段難しくなり、二回クリアしたらさらにもう一段。初見じゃ絶対無理なヤツ。

「アルスが二回目をクリアするにはまた数日が必要だろう。その間に銀貨が貯まればいい。……くくく、完璧だ！　あーっはっはっは！」

そんな俺のもくろみだったんだが。

その翌日。

「ボス、別のヤツがクリアしましたよ」

俺のもくろみ崩壊。

ちくしょお！　特級冒険者並の人材がゴロゴロしてんのかよ、ここはぁ！

＊ルーカス＊

いや、まいったな——という言葉とともに現れたのは、黒いぼろきれをかぶった男だった。

「あ、あなたは……もしかして、迷宮主ですか」

「うん」

やはり。

緊張がルーカスを包む。

今まで生きてきた中でいちばんの緊張だ。

こんな非常識なダンジョンを造った迷宮主。叡智《えいち》の塊であるに違いない。聞きたいことは山ほどある。答えてくれるかどうかは、こちらの聞き方次第だ。

「あのー」

だが、ルーカスが口を開く前に向こうが切り出した。

まずい。

話のペースを取られてしまう。

なんだ、なにを言ってくる——？

「……ごめんちゃい」

黒い男は両手を合わせて「てへっ」という声とともに舌を出した。

「へ？」

「いやほんとこんな早くクリアされると思わなかったんで次の銀がまだ用意できてなかったんですよ……」

「……はい？」

「ほら、クリア報酬の銀ね。銀のインゴッド。供給が追いついていませんで……へへ」

「あ、あのー」

「ごめんちゃい」

「……話が全然見えないんですが」

「え？」

なんだこれは。おかしい。叡智の塊が言い訳めいたことを口にしている。

「いや、あのね。アルスには銀をあげたんだけど、あなたにあげる銀がないっていうか……」

「銀がない？」

「お、怒らないでくれよ？　ちゃんとあげるつもりだったんだ。ちょっとした手違いで置けなかっただけで」

こういう言い訳をルーカスは聞いたことがある。確か、商業学校時代のクラスメイトが借金を期日に返せなかったときに言っていた。彼は博打《ばくち》で金をスッていた。

（……この迷宮主はほんとうに叡智の塊なんだろうか？）

疑問が湧いてきた。

いや、侮るな。こういうスタンスをもってこちらを推し量っているのかも知れない……自分が、銀を欲しているのか、欲にまみれた人間なのかを。

（……なるほど、ね）

だとしたら、とんでもない男だ。

気を引き締めてかからねばならない。

「銀は要りません」

「え⁉」

すると迷宮主は、

「マジで⁉　やったー！　やっぱしちゃんと謝ってみるもんだよなあ！　見たかリオネル！　これが日本人の土下座外交だ！」

なんだかワケのわからないことを天井に向かって口走ってバンザイしている。

「その代わり」

今だ。会話の主導権を握るのは今がチャンスだ。

「……そ、その代わり⁉　な、なんだよ、期待させておいて落とすってヤツか……なに。なにが欲しいんだ？　犬がしゃぶる用の骨ならいくらでもやるぞ」

「いや、骨は要らないですけど……いくつか教えて欲しいんです」

「教える？　なにを？」

「このダンジョンをどうして造ろうと思ったのか、とかですかね」

「あー、それね。合法的に飯を食いたかったから」

「……えーっと、質問の仕方が悪かったでしょうか？　このダンジョンを造った目的を聞いているんです」

「だから、飯だよ、飯。飯が食いたい」

なにを言っているんだ、この迷宮主は？

「そんなくだらない理由でダンジョンを――転移魔法トラップてんこ盛りのダンジョンを造るなんてあり得ないでしょう」

「……おい」

迷宮主が一歩踏み出した。

ヤバイ――直感がそう囁く。得体の知れないオーラが迷宮主から発せられている。

言ってはならないなにかを言ってしまったのか。

こちらが会話で優位に立ったと勘違いしていた。

調子に乗って虎の尾を踏んだ――。

「どうして俺が童貞だと見抜いたァッ‼」

びくっ、と身体を強《こわ》ばらせたルーカス。

そう、迷宮主は激昂《げっこう》している。童貞だと見抜かれて――は？

「しょっ、食事のことだって、重要なんだからな！　しょ、食事が最初の目的なのは、ウ、ウソじゃないんだからな！」

「いや、えっと、は？」

「お前もアレか！　童貞をバカにしてるんだろ！　リオネルといっしょだ！　クソッタレが！」

ダメだ、話が通じない。

地団駄を踏んでいる。本気で怒っている。

「――――」

このときルーカスは痛感していた。自らの能力の足りなさを。

おそらくこの迷宮主はきわめて知能が高い。でなければあんなトラップルームを作ることはできない。

ルーカスの言葉の端々からなにかを感じ取り、ルーカスの考える三手先を読んで――ルーカスはいまだその結論にすら至っていないのに――迷宮主は話を続けているのだ。

ルーカスを試すために。

その話のペースについてこられるかどうか、試すために。

「……参りました」

ルーカスは素直に頭を下げた。

「ふぁっ⁉　な、なんだよお前急に……ま、まあ、悪かったって思ってくれるならいいんだけど」

「私は、正直に言えば平凡な毎日に飽いていました。思えば商業学校時代、『天才』と各地方で称賛された三人と机を並べていましたが、彼らがはるかに私より劣っていることに気づいて以来――あきらめていたのです。この世の中は、私と同レベルで考えられる人間はいないのだと」

「……え、なに、急な自己語り？」

戸惑っている迷宮主をよそに、ルーカスは告白する。

のんびり過ごしているように見せていたが、ルーカスにはどうでもよかったのだ。両親の商売も大きくしようと思えば簡単にできるだろう。だけれど、そのあとは？　自分に対抗してくるほどの知能を持った商売敵が出てくるとはどうしても思えなかった。であればつまらないではないか。

「この迷宮は――すごかった」

すべてが「ダンジョン」らしくなかった。

トラップの発動条件一つ取ってみてもルーカスには想像もつかない。

そしてこんなダンジョンを造った目的も、ルーカスにはわからない。

これは信じられない出来事だった。少し考えればほとんどの人間の行動原理や物事の理由がわかるルーカスにとって、見たこともないダンジョンの迷宮主がどんな思考回路を持っているのか、まったく想像できなかったのだ。

ダンジョンに入って感じたのは、忘れかけていた高揚感。

自分の及びもつかない叡智の塊が、いるかもしれないという希望と――自分では話し相手にすらなれないかもしれないという絶望。

「実際に会ってみて、迷宮主であるあなたは……もっとすごかった」

「え、俺？」

「こんなに会話ができないのは初めてです。愚かな私にもわかるよう、いろいろと教えていただけませんか！」

「近い、近い近い近い！」

いつしかルーカスはずずいと迷宮主に近づいて身を乗り出していた。

「お、おっと、すみません……興奮してしまって。ただあなたといろいろと話をしたいだけなのです」

「話すだけ？」

「話すだけです」

「それなら構わな――」

言いかけた迷宮主は、ちょっと考えてからにやりと笑った。

「一応聞くけど、お前どうやってあのトラップをクリアした？」

「それはもちろん、記憶しましたよ」

「チャレンジは何回目？」

「初めてです」

うげ、みたいな声が迷宮主のほうから聞こえたような気がした。

「そ、そそ、そうか。それじゃあ……こうしないか？　お前はここで商売をやる。見たところ冒険者じゃないんだろう？」

「え？　ええ、そうです、確かに商人ですが……」

「冒険者を相手に食い物を売り、寝床の世話をする。日用品も販売したらいい」

「売れますか？」

「わからないのか」

わからないのか——そんな言葉を聞いたのもずいぶんと久しぶりだ。

「わ、わかりません！」

頬が紅潮してしまう自分を抑えられない。

声に喜色がにじんでしまうことも押さえられない。

わからないことが、こんなに楽しいことだなんて。まだまだ自分の知らない叡智がそこかしこに転がっているだなんて！

「お、おう、そうか……。いや、まあ、売れるよ。だって、このダンジョン、日没後は閉まるから」

「…………え？」

「日の出とともに再オープンする」

「さ、差し支えなければそのようなシステムにした理由を教えていただけますか？」

「その理由とかを俺に聞きたいんだよな？」

「はい！」

「じゃあ、まずは商売を始めてくれ。そうしたらお前もここで暮らすことになる。俺と話す時間だっていくらだってとれるだろう」

「なるほど！　理解しました！　今すぐ始めます！」

「あ、う、うん。よろしく、頼みます……」

ルーカスは頭が良すぎた。

結果、深読みをしすぎてしまうという欠点があったのだが——今のところ、誰も気づいていない。ルーカス本人ですら。

転移して宴会場に出てきたルーカスは、興奮していた。童貞を捨てたときですらこれほど興奮はしなかった。

「待てよ、あの迷宮主……そうだな、いつまでも迷宮主ではよくない。先生と呼ぼう。先生は——童貞だとおっしゃっていた」

ハッ、と気づく。

「まさか童貞でなければあれほどの知性を得られないのか⁉　であれば、くっ、私はなぜ童貞を捨ててしまったのだろうか……！」

ぶつぶつ言いながら出てきたルーカスに、先ほどの女冒険者が声をかけてくる。

「おー、どうだった？　まったく危険もなかったろ？」

「ええ、まったく」

「非常識なダンジョンだよなー」

「非常識……ええ、まったくそのとおりですね。……くくっ」

そうしてルーカスは小さく……それからだんだん大きく笑っていく。

「お、おい、アンタ大丈夫か？」

「大丈夫です、大丈夫ですとも。これほど非常識で、思慮深く……希望を与えてくれる存在に出会ったのが生まれて初めてだったというだけです」

「は？　──ってアンタ、どこに行く？」

「街に帰ります。そして明日には戻ってきます。私がいちばんに始めます、ここで商売を。そして私がいちばんの教え子になるのです！」

あっはっはと高笑いを上げてルーカスは走って行く。

「……アイツ、頭どうかしちまったのか？　走ったら三時間以上かかるぞ……」

女冒険者は首をかしげた。

その翌日、宣言どおりに商材と人員をかき集めたルーカスは、「ヒルズ・レストラン」「ホーク・イン」「ヒルズ・ショップ」の三店舗を同時に開店したのだった。

＊俺＊

「あ、あ、危なかったぁ～、アイツが話のわからんやつでよかったわ……っつうかアイツの名前すら知らないわ」

「だから言ったじゃないですか。銀、残しておけばよかったのに」

「うっさい。俺の計算が悪かったんじゃない。こうも簡単に天才がやってくるのが悪いんだ」

「天才？」

「アイツは天才だよ。間違いない。ナチュラルボーンジーニアス。たまにいるんだ、ああいうヤツ。勝手に深読みしてくれたおかげで助かったみたいだけどな」

「アルスとどっちが上ですか」

「バッカお前、全然今のヤツのほうが上だよ。初見だぞ？　初見であのトラップクリアしたんだぞ？　どんだけ難易度上げてもアイツは一発でクリアするんじゃねーかな」

それに引き替えアルスは努力タイプだ。いろいろと考え、策を巡らせて勝利をつかむ。まあ、俺としてはアルスのほうがはるかにやりやすい。

天才をこっちに引き込む――商売をやらせられるように仕向けられたのはよかった。ほんとによかった。

「でもボス、あの人間とこれから話すんですよね？」

「………………ウン」

「大丈夫ですかあ？　すぐに化けの皮を剥がされちゃうんじゃないですかあ？」

「や、止めろよぉ……俺も心配してるんだよぉ……」

異世界ずりーよ！　めちゃくちゃ頭のいいヤツぶつけてくるんじゃねーよ！

「と、とりあえずはアイツに商売をやらせてから考えるわ……商売が軌道にのれば、ホークヒルはもっと伸びる。初級第二ダンジョンもオープンさせられる」

「えっ、また非常識なことやらかすんですか」

なにナチュラルに「非常識」が俺のデフォルトステータスみたいになってんだよ。

「ふつうだ。ふつうのダンジョン」

「ほんとかなあ……」

「ただ報酬は少ない」

「ほんとかなあ……」

ああ、骨の、俺に対する信頼感の低さよ。

ホークヒル（八日目）
総売上高：銀貨一五二三枚
初級踏破者：二名
中級踏破者：〇名（未実装）
上級踏破者：〇名（未実装）

で、ルーカスはほんとに商売を始めたんだ。

■■■■■■■

「いらっしゃいませ。お一人様でしたら一人部屋で一泊銀貨一二枚、相部屋で一泊銀貨八枚、雑《ざ》魚寝《こね》の部屋でしたら一泊銀貨四枚となります」

「相部屋でいいや。両替もしてくれるんだろ？」

「はい、宿泊のお客様には手数料無料で行っております」

「そいつはありがてぇな。金貨が一枚ある。頼むよ」

「はい。――お客様、お部屋の説明をしましょうか」

「部屋の説明……ってなんだ？」

「ではこちらに」

ダンジョン外縁にオープンしたホテル「ホーク・イン」。ルーカス自らがこのホテルを切り盛りしている。

客室数十五で、最大宿泊人数は六十人。大部屋の十人雑魚寝でかなり数を稼げるが、今のところこの部屋を利用しているのは二名にすぎない。

「お部屋はこちらです」

新たに取り付けた木製のドアを開けると、ベッドが四つ置かれてあった。西に向いた窓から、眼下に広がる草原が見える。

「トイレは部屋の隅の扉にあります」

「ん……ここは確か三階だよな？」

冒険者の疑問はもっともなことである。

魔法は発達しているが、衛生面での活躍はまだまだ遠い。

この世界で一般的なトイレと言えば、いわゆるボットンだ。ボットンしたあとに、一日に一回、あるいは場所によっては一週間に一回、家主が魔法の込められた魔石を放り込む。便を分解する作用がある。

「はい。トイレはすべて吸収されるので問題ありません」

「は？」

「手を洗う水も、そちらのボタンを押すと一定時間流れます」

「……水の魔石を使っているのか」

「いえ、そういったことではないのですが——確認いただいても構いませんが、魔石の類は利用しておりませんのでご自由にご利用ください。のちほどお試しになって、不便があればお申し付けください」

「お、おう」

「宿泊のお客様はレストランでサービスがございますので、こちらの割引カードをお渡しくださ い」

ルーカスは合金でできた小さなプレートを渡す。「ホークヒル」と刻印されたプレートを冒険者は珍しそうに眺めている。

そうしてルーカスがフロントに戻ったのを確認した——ところで、

「やあ」

俺が声をかけたんだけども。

「先生⁉」

「せ、せんせい？」

「はい。教えを乞うのですから私は弟子でしょう？」

「………」

天才の考えることはマジでわかんねえ。

ちなみにこいつがルーカスだという名前であることは、壁の中で盗み聞きして知った。

「と、ともかく、ちゃんと開業できたようだな」

「はい。お約束のとおりに。――しかし、なかなかお客様は来ませんがね」

宿をオープンしたものの、客足は少ない。「ダンジョン内で暮らせるかよ」「外でテント張りゃあタダなのに」という考えの冒険者が多いからだ。

だがこのあたりについては少々俺にも考えがある。結局のところ、宿に入ったほうが「快適」であると思わせられればそれでいいのだ。トイレや手洗いについてのシステムは簡単に造ったものだけれど、もうちょっと踏み込んでもいいかな。

うん、排泄物はダンジョンが吸収する。うん、なんか微妙な気分ではあるんだけど……まあ、土に還《かえ》るみたいなもんだと思うしかない。

「やはり風呂だよな……」

「風呂、ですか」

「この地方ではどんな風呂が好まれるんだ」

「スチームですね」

サウナ風呂というヤツか。

「なるほど、ちょっと試してみる」

加熱するシステムと温度をコントロールさえできればなんとかなるんじゃないかな。

「え……試す、とは」

「気にするな。他に不便はないか？」

「い、いえ、あのう、私としては先生に教えをいただきたいことがすべてで……」

「気にせず言ってくれないかな。俺は客商売に関しては素人《しろうと》だ。この宿だって適当に造ったにすぎないし」

「……そうですね、では」

と言ってルーカスはあれこれと注文を出した。

リネン類を洗い、干す場所がない。ベッドや大型の家具を搬入するのに廊下が狭い。東向きなので全体的に暗い……。

あ、あるんじゃーん！　やっぱりいっぱい不満があるんじゃーん！

「というところですが、しかしこれらはどのような物件にもつきものの――」

「わ、わかった。対応する」

「えっ。対応？」

「二、三日くれ」

「そんな数日で⁉」

驚いてる。まあ、迷宮魔法は便利だからな。間取りの拡張なんて簡単だ。日当たりはちょっと考えなきゃいけないけど、採光用の天窓をつけるか、あるいは単にランプのトラップを造るか……いや、ランプだと温度がないんだよな。

「これから人がもっと来る。それまでに準備は整えないとな」

「……先生、そこなんですが、今日は一段と人が増えている気がします。なにがあったせいでしょうか？」

「今の時間──」

俺、腕時計（MP表示器とも言う）を確認する。

「──午後一時の時点で、昨日と比較するとプラス二十人ペースで推移しているよ、ダンジョンの挑戦者数は」

「数字を記録しているんですか」

「数字、と言うより統計かな？　来場者数はいちばん重要な指標だから」

俺、学んだ。けーぴーあいとか簡単に言わない。リオネルに冷めた目で見られるし。

「統計ですか……」

「あっ、もしかして統計学ってそんなに一般的じゃない？」

「いえ、専門的に学んでいる者が高等学究機関におります。私も商売に統計は必須だと考えていましたが、そこに思い至っている者はきわめて少ないですね」

「そっか。物価の変動は気候の変動と相関関係にあるし、売り上げや客単価の推移はチェックしておくだけで異変を感じ取れるし対応策も早めに取れるんだから、十分価値のあることだとは思うんだけど」

「おっしゃるとおりです。やはり先生はすばらしい」

割と当たり前のことだと思うんだけど……でも本気でやろうとすると奥が深い。親会社の代理店には五十人を超えるデータマイニングチームのデータアナリストたちがいて、ビッグデータを扱っていた。データデータデータ言いすぎて顧客の顔をまったく見ていなかったのは笑えない話だったが。

「まあ、ここしばらくは来場者も増えるから、必然的にこの宿の客も増えるよ」

「その根拠をおうかがいしても?」

「うん。今日来ている連中は、一昨日アルスが銀を獲得したことを聞き取ったヤツらだ。次の波がもうちょっとしたら来る」

「次の波……」

「アルスが手にした銀は純銀だからね。その金銭的価値を知った冒険者が群れをなして来るだろう」

「純銀⁉　まさか、さらにその次の波があることまで見越しておられるのですか⁉」

うお、やっぱりルーカス頭いいわ。めちゃくちゃだわ。

そう。波は二回来る。

「そうだな——どう推測したか、ルーカスが言ってみてくれ」

「で、では僭越《せんえつ》ながら私めの推測を申し上げます……」

なんかほっぺた赤いんだけどこの人。興奮してるの？　頭良すぎて謎解きとか始まると興奮しちゃうの？「謎はすべて解けた」とか「真実はいつも一つ」とか言っちゃうの？

「うん」

「まず話が広まるのは先生のおっしゃるとおり金銭的な価値が最初でしょう。『ちゃんとこのダンジョンでは報酬が得られるのだ』という。ですが、この次があります。先生は純銀とおっしゃいましたね。念のため確認ですが、これは……一〇〇パーセントの銀ということでしょうか」

「や、やはり！」

「迷宮主だからね」

「なるほど……古来よりダンジョン産の銀塊には純度一〇〇パーセントのものがあると聞いておりましたが、そういう事情でしたか」

「一〇〇パーセントの銀精製は、街の技術で可能なの？」

「不可能です。精度が高いという灰吹法でも九九パーセント程度。必ず不純物が残ります。純度一〇〇パーセントの銀があるのなら、貴金属商を始め、研究機関、魔導学者、欲しがる者は多いでしょう」

迷宮主の機能だから、過去にも例はあるだろうなと思ってたわ。

でも、このルーカスの驚き様を見ると、純銀精製を利用していた迷宮主はそう多くなかったんだろうな。

「純銀が採れるとわかれば遠方より人も押し寄せてくるでしょう」

「そういうこと。それが次の波だ」

「さすがです、先生！　こんな商売の仕方、今まで誰も考えませんでしたよ‼」

「すべてはブランディングだ」

「ブランディング……？」

「大きな方針は二つ。『命の危険はない』『他では絶対に手に入らない報酬』――こんな魅力的なキーワード、他にはないだろう？　しかもチャレンジは誰にでも可能で、順番待ちもないから争いも起きない」

「ふむ、ふむ」

なんかメモ取り出した。鼻息荒すぎるぞ……。

「ただ俺が心配していたのは、周辺問題なんだ」

「と言うと？」

「ダンジョンが、そういう強いメッセージ性を持っていたとしても、周辺が危険だったら意味がないだろ？　森から野犬が出てくるとかね。そのための商業施設だ。これが充実すると滞在中も危険はないし、なにより清潔に過ごせるから快適で、病気の心配も減る」

「ふむ、ふむ！」

うわあ、ルーカスの鼻の穴がデカイ。

「だから私をスカウトしたのですね！」

「あ、えっと、うん」

それはある。

勝手に「ホークヒル」の名前をモチーフにしたプレートを配っているし。

これはルーカスがホークヒルに惚れ込んだこともあるだろうし、自然とブランディングの発想を理解していることもあるだろう。

「さっきのプレート見せてくれないか。冒険者に渡したヤツ」

「あ、あれは……勝手に造ってしまい申し訳ありません」

「申し訳ないことない。俺の考えてるブランディングっていうのもそういうものだし」

う、うわー。ルーカスがめっちゃ得意げな顔でプレート出してきた。

狂信者だ。鷹岡教の記念すべき最初の狂信者。リオネルは信者っていうか亡者。

「デザインは悪くないな」

「ありがとうございます。金を積んで、一晩で造らせました」

「……そう言えば資金、どうしたの？　ここで商売始めるための資金」

「借りました」

「………」

「なに、返済できるでしょう。できなかったとしても私の見る目がなかっただけということ」

期待が怖い！　この人、俺が期待値未満だと思ったら刺してきたりしないよな⁉　メンヘラ患ってませんよねぇ⁉

「な、なるほど、わかった。じゃ、これだけど――」

俺は中級成形《リイス》を使って、同じプレートを百枚造った。

真鍮《しんちゅう》は銀貨をつぶしたときのあまりの金属で、亜鉛と銅で造れるからちょうどよかった。

「な――⁉　これは⁉」

「迷宮魔法だよ。こいつを使っていいよ」

「……デザインが微妙に違いますね」

「美しいだろう」

そのとおり。ルーカスが選んだフォントは、俺が壁面に彫り込んだヤツだ（ちなみに夜になると光る）。ルーカスは記憶を元に造らせたっぽいが、若干違った。それを俺が修正したというわけだ。トレイジャンフォント系のあしらいを加え、上質なテイストを付与した。ブランディングの一環である。まあ、日本語や英語とはまた違う文字なので雰囲気だけだけどな。これくらいは文系の俺でもできる。ディレクションなら任せろ。

……ロゴデザインのセンスはないんだけどね。こういうの香世ちゃんが得意だった。

「デザインの美しさもそうですが、プレートの角がカーブしていますが……これほど美しくそろったカットはそう見たことがありません」

「ああ、ユニバーサルデザインな」

「ゆにばーさる……？」

「老若男女、身体の障害などを問わず、あらゆる人が利用できるデザインってこと。角が丸いと手に刺さらないだろ？」

「！」

ルーカスが俺の顔を見て、プレートを見て、俺の顔を見て、プレートを見て、俺の顔を見て

……もう止めろ、ウザイ。

「そんな小さな心配りのために、これほど精巧なカットを……」

俺にとってはたいした労力じゃないんだよな。角丸だろうとカクカクだろうと、同じ千のＭＰを消費する中級成形《リィス》だ。

「ともあれ、これは使ってくれて構わない。ルーカス、君には期待しているから」

ハッ、としてルーカスが俺をまじまじと見る。

見すぎ。

「わかりました！　その期待を裏切らないよう――いえ、けっして裏切りません！　見ててください！」

「……なんかすごくやる気になってるところ悪いんだけど」

「はい、なんでしょう！」

俺はコホンと咳払いを一つ。

「飯食わせて」


ゴクリ、と俺の喉が鳴った。

レストランの最奥の一室、ＶＩＰ専用ルーム。

俺があらかじめしつらえておいた石材のテーブルと、イス。

俺の目の前には、じゅうじゅうと音を立てている肉がある。

「こちら、クリフドラゴンのロースを使ったステーキとなります」

ルーカスが説明した。

くりふどらごん……やっぱりドラゴンいるのかよ！　しかもステーキ！　ひゃほおおおおおおい‼

肉の見た目はブタみたいだ。ピンクの勝っているブタというか。

肉汁が垂れて鉄板皿にあぶくを立ててじゅわじゅわ言ってる。

掛かっているソースはガーリックソースだ。

ぎゅるるるるると俺の腹がさっきからすごい勢いで叫んでいる。食わせろと。早くと。

「い、いただきます」

ヨダレがすんごいあふれてくる。

ナイフを刺すと力を入れなくても切れていく。

ああ、夢にまで見た異世界飯――っていうか夢にまで見た飯。もうずっと俺、「空腹無視《カロリーゲイン》」の魔法で過ごしてきたもんな……二百日も……。

フォークで刺した肉を、口に運ぶ。

「はむっ……!?」

じゅわわわわ～～～とあふれる肉汁。くうううううううッ！

「うま、うまぁ、うまぁい……」

涙目になりながらごくんと肉を呑み込んだ――俺。

「!?」

うおえっうげぇうえええええええええ…………。

「先生!?」

盛大に、戻した。

さすがに半年、ろくすっぽ飯食ってない身体に、ステーキは無理だった。

＊アルス＊

ダンジョン「ホークヒル」がオープンしてから二週間が経とうとしていた。

アルスは、相変わらず草原にテントを張っていたが、他のテントは少なくなっていった。宿に移っているのだ。

最初はおそるおそるという感じで試しに泊まってみた、という少数の冒険者。そんな彼らのもたらす「別になんともなかった」「むしろ快適」「レストランが割引になるのがいいよな」という好意的な評価。三日前、これに「蒸気風呂が最高」という褒め言葉がつくや、冒険者たちは宿に殺到した。

「やれやれ……」

ダンジョンと戦わなければいけないのに、ダンジョンに取り込まれているように見える冒険者たち。

宿にレストラン、雑貨店を始めたルーカスという男も奇妙だ。あんな男、アルスは知らない。

名前の売れている冒険者であるアルスは、商才に秀でた男ならば多少なりとも覚えがある。

「まあ、商人はいい。それよりも今後どうするかだね」

アルスは初級ダンジョンをクリアした最初の冒険者だ。

五日前と四日前に別の冒険者がクリアしており、今のところ知る限り、クリアした冒険者は三人だ。

報酬の銀はアルスに大金をもたらした。希少性が高い純銀であり、売って欲しいというオファーを大量に受け、すでに金に換えていた。三本のシルバーインゴットで金貨一二枚になった。銀貨換算で一二〇〇枚だ。信じられない売値だった。

だが――問題はその次、だ。

アルスは初級ダンジョンの「次」をクリアできないでいた。

難易度の上がったバージョンである。

「……やり方を変えるべきか」

まず最初の初級ダンジョンをアルスはどうクリアしたのか？

手始めにやったことは、何度も挑戦してパターンを覚えることだった。アルスはトラップのパターンは多くても十種類程度だろうと考えたのである。

だが、これはアテが外れた。毎回違うのである。毎回、ダンジョンが新たなトラップ配置を決めているとしか思えない。予習が効かなかった。

アルスは次に、徹底的に練習した。草を刈って三〇メートル四方のエリアを作り、目を閉じて歩くのである。自分の身体に距離感を徹底的に覚え込ませたのだ。

これができるようになって、再度挑戦した。五秒間のトラップ表示。これを頭に叩《たた》き込んで、目を閉じる。こうすることで白の点滅に惑わされることがなくなる。

後は歩くだけ。それでも十三回失敗した。転移されたことにも気づかず、他の冒険者にぶつかったりした。

そして十四回目、ついにアルスは成功した。

で、問題はその次なのだ。

一度クリアするとダンジョンはさらに難しくなるのだ。

「あれはむちゃくちゃだ」

白と黒だけの部屋に、赤と青が出てきたのだ。

赤になっているときは通れないが、青になれば通れる。トラップエリアも青になることがあり、そのときだけは通れるのだ。

つまり「目を閉じて歩く」ことが封じられたのだ。必ず赤か青かを確認しなければならない。

難易度が上がりすぎたのだ。

「撤退もアリだよねえ」

クリア後に、アルスは百回以上は挑戦して、失敗し続けた。この三日は攻略方法を考えているが、思いつかないでいる。

アルス以外の一回目をクリアした二人も失敗し続けているらしい。彼らはムキになっており、おそらく失敗回数は百回では効かない。

銀の延べ棒の利益を考えればここで撤退したほうがいい。

「ほーう、大金持ちのアルスさんがこんなところで野宿とはねえ」

そんな思いにふけっていると、一回目をクリアした二人のうちの一人がやってきた。今日も失敗続きなのだろう、憂さを晴らすためにすでに酒を呑んでいるようだ。

「そっちはずいぶんと豪遊しているようだね」

「まーな！　なんせ銀を売ったら金貨で三枚にもなったんだ！　元は銀貨一枚が、金貨三枚、三百倍だぜ！　ボロ儲けだ」

「！」

なんだって？　バカだな……。

挑戦料は銀貨一枚だが、お前は何枚つぎ込んだ結果、それを手に入れた？　しかもその後は？　滞在費だってかかっているんだぞ？

心の中で毒づきながらも、アルスは暗澹《あんたん》たる気持ちにならざるを得なかった。

（純銀の暴落が早すぎる）

もう金貨三枚にまで価値が下がっている。最初の一個だったからこそアルスのシルバーインゴットは金貨一二枚という価値になった。だが、他の人間もクリアできる――「今後もそれなりに供給されるだろう」という予測から、価値が下がったのだ。

「なあ、アルスよ……協力しねえか？　お互い、どうやって一回目をクリアしたのか教え合うんだ。で、二回目をどうやってクリアするか考える……」

やれやれ、とため息が出るのをアルスはこらえた。

クリアしたアルスの周りには情報を得ようと他の冒険者がやってきた。しかし、耳寄りな情報を持ってきた冒険者以外に、アルスは教えることはなかった。そしてそんな冒険者は一人としていなかった。

「断るよ。お互い得るものもなさそうだし」

そっちだけ一方的に得をするだけだろ、と言いたい。

どうせ最初のクリアだって当てずっぽうに歩いたらクリアしたんだろう？

「けっ！　だからてめーは『ケチのアルス』って言われるんだ。クリアしたのに他の冒険者にもおごらねえそうじゃねえか。お前、最初は他の冒険者と協力するとか言ってたくせによ」

「協力する時点では協力したよ？　そこから、僕は努力をしてクリアしたというだけ」

「特級冒険者なんて言うけど、お前それ、他のヤツを出し抜いただけなんだろ？　あーあ、情けねえなあ！　みんなの憧れ特級冒険者が、みみっちいチビだとはよー！」

「…………」

アルスは笑顔のままだった。

「……お前、調子に乗るなよ？」

笑顔のまま、絶対零度の声を発した。

「こ、怖くなんかねえぞ、お前がその気ならこっちだって――おい、おめーら！　アルスをボコるぞ！」

男は仲間を呼んだ。五人ほどの冒険者がやってくる――面識のない冒険者たちだ。みんな赤ら顔で、昼から呑んでいるらしい。おそらく、こいつのおごりで。

「――ま、そろそろここを引き上げようと思っていたし、最後に派手に暴れるのもいいかもね。まとめてかかってこい――特級の特級たるゆえんを教えてやる」

「うるせえ！　かかれ、野郎ども！」

おおっ、と冒険者たちが声を上げてアルスに襲いかかる――。

＊俺＊

監視窓から見えたのは、草原で大立ち回りを演じているアルスだった。

ちなみに俺、もはやぼろきれは着ていない。ルーカスと取引をして街人服を手に入れている。ふふふ。コットン製の縫製も粗いヤツだけどな。これでレストランにも顔を出してふつうに飯を食っているのだ！　何度も食ったら身体は完全に順応した。いや〜、やっぱ人間、飯食わなきゃな〜。

まあ、こっちの言語はわからないんですけども。

服を着替えたらルーカスが異世界語を話し出したもんでめちゃびびったわ——。

じゃなかった。

アルスだよアルス。

「うおっ、すげー！　見ろよリオネル、アルスがケンカしてる！」

ちなみにリオネルには言葉が通じる。リオネルはこっちの世界の言葉を話しているつもりらしいが、そもそもこいつに声帯はない。言語を無視した意思疎通ができているらしい。

「ふむふむ。六対一ですか」

「さすがに相手が多すぎるよな」

「いいえ？　ボス、特級冒険者のことをみくびっちゃあいけませんよ」

「いやいや、六人だぜ？　囲まれてボコられて終わりでしょ。一人か二人はやれるかもしんないけど」

「まあ見ててください——彼、魔法を使いますよ」

「なぬ！」

それぞれ獲物を持った冒険者たちが――マジか、剣とか斧とか、ガチ武器じゃん――アルスに飛びかかる。

寸前、アルスの前方、左右、背後に魔法陣が浮かび上がった。

「うおー⁉」

そこから出てきたのはなんか茶色くてぶっとい腕。グーパンでぶっ飛ばされる冒険者たち。

四人が殴られ、残り二人の攻撃をひらりひらりとかわすアルス。

「なにあれ、なにあれリオネル！」

「ボス……ほんとになんにも知らないんですね。中級魔法である『巨人の鉄槌《タイタンブロー》』ですよ。召喚魔法と空間魔法の適性が必要なんで使い手は少ないですが、有名な魔法です」

「俺もやりたい！」

「ボスにはその適性はないんじゃないですかねえ……」

「なんでだよ⁉」

俺としてはせっかくの剣と魔法の世界なのに、地味にトラップ張ってるだけとかちょっと寂しいんだよ！

「お、相手も魔法を使うようですよ」

「なぬ！」

この世界はいわゆる魔法使い然としている人間以外もバンバン魔法を使うようだ。

最初にアルスに絡んでいった男は、手で印を組むと、そのまま両手を振り上げる。

「あっちも中級魔法ですよ、ボス。『黄昏の雷雲《サンダークラウド》』です」

いきなり暗雲が立ちこめたと思うと、雷がほとばしった。

マジかよ。ライデ◯ンじゃん！

「俺もやりたい！」

「自然魔法か精霊魔術の適性がないと無理ですねえ」

お前には無理、とリオネルの目が言っている。クソッ……こいつ、骨のくせに！

「迷宮魔法にああいうのないのかよ！」

「知りませんよ、私は……」

「だよな。お前に聞いた俺がバカだった」

「それはそれでムカつくんですが」

こういうときはカヨちゃん！　迷宮魔法に攻撃魔法の類はないの？

《…………あなたに使える攻撃系の魔法はありません》

ちょっと間があった上になんか言い方が冷たい⁉

アレか。しばらく話しかけてなかったから拗《す》ねちゃったか。

ッカー。まいったなー。惚れられるとつらいわー。

あ、あれ、おかしいな……ため息みたいな声が聞こえた気が……。

《…………》

「ボス、決着しますよ」

「え、もう⁉」

見ると、アルスが最後の一人に剣を突きつけていた。

「いやいやいやいや、どうなったんだよ、雷どうなったんだよ！」

「攻撃魔法を回避するアイテムを持っていたみたいですね。私にも直撃したように見えましたが、ぴんぴんしてますよ」

「……マジか、ヤベーだろ特級冒険者」

「だから、見くびるなと言ったでしょう？」

なんでリオネルがドヤるの？

「にしても、アルスのヤツ……ほっといたら撤退するかもな」

「そうですか？」

「うん。アイツ、この二、三日、挑戦してないだろ？　めっちゃ行き詰まってるワケよ。そうなると頭のいいアイツは、撤退を考える」

「はあ」

「よし。それじゃ、初級第二ダンジョンをオープンするか！」

俺が言うと、

「……ほんとにやるんですか？」

「リオネル、お前、前もそうやってげんなりしてたよな？」

「ボスの魔力はどうなってるんですか。第二ってアレですよね？　アレを解き放つんですよね？　アレはめちゃくちゃ魔力消費するでしょ！」

「うん。でも大丈夫」

今の俺のＭＰは３００万になろうとしている。３００万だぞ。日本での俺の年収かっつーの。十年間ぴくりとも変化のなかった俺の年収……あ……やべ、泣けてきた……。

「よし、それじゃ、今から初級第二をオープン！」

「わかりました。では実行します」

リオネルが近くのスケルトンに話しかけると、スケルトンたちがわっと走り出す。いいぞ、これでアルスはまたしばらくここに滞在するだろう——と思っていると、向こうからスケルトンが一体戻ってきた。

「……ふむ？　なるほど、それは由々しき事態」

「どうした、リオネル」

「スケルトンの一人が報告があると——あっ、魔族の部屋からの報告ですよ」

「………？」

魔族？

「ちょっとボス、なに本気で知らない顔してるんですか！　助けたでしょ、魔族！　魔族の子！」

「あ、ああ、あーはいはい。うん、助けた。俺、魔族助けた」

「忘れないでくださいよ！」

「忘れてないって。ちょっと失念してただけ」

「それを忘れたって言うんですが——そんなことより」

リオネルは言った。

「目、覚めたらしいですよ」

「……アイツ、何日寝てたの？」

「まあ私から見たらほんのわずかな時間ですよ」

さすが永眠中だった白骨は言うことが違う。

スケルトンの報告を聞いて、俺とリオネルは少年……だと思ってたのに少女だった彼女の元へと急いだ。話が通じないと困るからぼろきれも羽織っている。

えーっと、ミリアって言ったっけ。

短い金髪に、紫がかった肌……ザ、魔族。

着ていた服は確かシャツとズボンだったはず。

寝すぎは壊死《えし》が怖いのでスケルトンに頼んでミリアの身体を動かすように言っておいたんだけど、勝手に寝返りを打っていたし、なんなら肌も健康そのものだったらしい。「異変があったら報告して」と言ってから、俺、完璧に忘れてたわ。

「うぃーす。魔族起きた、って…………？」

部屋に入った瞬間、俺は、

「あー。あー、あー。うへ……喉がガラガラだよ。アタシ、だいぶ長いこと寝てたみてーだな」

「………」

言葉を失ったよ。

「腹減ったんだけど、なんかない？　このスケルトンに言っても話が通じなくてさ」

「――――」

「って話聞いてんの？　なあ、オッサン」

「おおおおおっさんちゃうわ！　つうかなんだよそれ!?」

俺、叫ぶ。

だって、だってな……そこにいたのは魔族ミリア、らしい。

確かに言ってる口調とかはミリアのまんまだ。

だけど。

だけどな?

「身長、三〇センチくらい伸びてんだが⁉」

髪の毛もきらきらしたロングになってんだよ!

でもって身体もでかくなってるからシャツのボタンが全部ぶっとんでるし、腕もぴっちぴちなんだよ!

ズボンは完璧に切れたみたいでベタ座りの膝の上に載ってるだけなんだよ!

首からヘソまでの一直線があらわになっていて、健康そうな胸がつんと出ていて――これはCカップ――いやいやいやいやいやいや。

「寝る子が育ちすぎぃ!」

成人女性(魔族)がそこにはいたのだった。

第三章

記憶の悪魔と悪魔より狡猾《こうかつ》な人間と

思わず叫んだ俺に、ミリアは顔をしかめる。

「オッサン、うるせーって」

「おっさんちゃうわ！　鷹岡悠《たかおかゆう》って名前があるわ！」

「タカオ＝カユウ?」

「悠のほうが名前！」

「変なの」

「変なのはお前！」

「腹減った」

「少年っぽかったのが実は少女でそれから大人の女になってるとか意味わかんねーよ！」

「腹減ったー！」

「うっせー！」

「腹減った！」

あんまり腹減った腹減ったうるさいので、レストランにおもむいてテイクアウト用料理を作ってもらい、なおかつミリアの着る服も買った――下着とかはわからなかったし女物の服を買う度胸がなかったので、男物だけどな……。

初級第二ダンジョンがオープンしたことで冒険者たちが殺到していたはずで、俺が女物買っても目立たなかったかもしれないけど、それはそれ、俺に度胸はない。

「で？　なんでお前デカくなったの？」

服を着替え終わったミリアは、シャツにズボンというスタイルだった。

それでも隠しきれない膨らんだ胸は、明らかに成人した女性だし、なんか、こう……女のニオイみたいなのが漂ってきて俺のほうが動揺してしまう。

彼女は腰回りが大きめなのでヒップから太ももまでがぴっちりとしている。なんとも……うん、すばらしい眺めである。中身はともかく見た目は成人女性（魔族）なんだよな。中身はともかく。

で、話を聞いたところ――ミリアはすでに成人に達しており、いつ、こうなってもおかしくなかったのだそうだ。すげーな魔族の成人って。大人の階段何段飛ばしてんだよ。

「うんめー！　ようやくまともな飯にありつけたぜ」

皿に載っているのは表面をパリッと焼いた鳥肉だった。シンプルかつ王道メニューなのだが、実は手が込んでいる。一晩タレに漬けてあり、火を通す温度にも気を遣っているらしい。結果、外側はパリパリで内側はジューシーという理想の鳥焼きになっている。

ミリアがかぶりつくと、パリリという音の後にぽたりと肉汁が滴っている。見てると食いたくなるんだよな……。

「どうでもいいけど金は払えよ」

「は？　アタシ金なんて持ってねーけど……げっ、ユウ、お前まさか、いたいけな美少女のアタシにあんなことやこんなことを」

「ねーよ。こんなにガサツな言葉使いの魔族に。大体種族が違うんだぞ」

「へー。そんじゃアタシにムラムラしないの？」

「…………」

ちょっとだけする。

「するわけねーだろ」

「今一瞬、間が空かなかった？」

「こっちにポテトもあるぞ」

「うおーっ！　うまそう！」

食欲があってなにより。

ミリアは手を脂でべたべたにしながら鳥肉にかぶりついている。

「っつうか、ミリア。家はどこにあるんだ？」

「さあ」

「さあじゃなくてさ……確か、怖いお父さんがいるんだっけ？　帰れよ。金置いてから」

「金ないって」

「じゃあ帰れよ。あとで金は送って」

「冷てーなー。それに金金金金言いすぎ。守銭奴かよ」

これが、奴隷であるところを救われ、飯までおごられた人間の態度ですかねえ？　あ、人間じゃなくて魔族だったわ。じゃあしょうがないなー。

「とはならないぞ！」

「な、なんだよ、急に大きな声出して……」

「大体な、我がダンジョンは働かざる者食うべからずで――」

「我がダンジョン？　あれ、ユウってもしかして迷宮主⁉」

「え？　うん」

「マジかー！　すげーな！　アタシ初めて迷宮主見たよ、かっけぇー！」

「え？　カッコイイ？」

「カッコイイよ！　ダンジョン全部支配下なんだろ？　すげーよ！」

しょ、しょうがないなあ、この魔族はもう、口が達者でもう。

「……ボス、チョロすぎ」

リオネルは黙れ。

こんなガサツな女であっても、「カッコイイ」とか言われたことのない俺の過去をお前は少しでも考えたことあるか？　こんなガサツな女であってもだ！

「ダンジョン案内してくれよ！」

「ふむ……まあ、やぶさかではないな」

ちょっとうれしくなった俺、リオネルに言われるまでもなくわかっている。

我ながらチョロい。

「は？　なんだこれ……」

迷宮司令室にやってきたミリアは唖然《あぜん》としていた。

「ふっふふふ。すごいだろう」

ビッグスクリーンに、オペレーションシートが十席（座っているのは全部スケルトン。ちなみに特に仕事はない）、清潔で広々と明るい空間。

「ボスはこういう無駄が好きなんです」

「無駄言うな」

「申し訳ありません。客観的な事実を申しましたまでで」

「もっと悪い」

俺がいつものようにリオネルを叱る――って待てよ。なんでいつものように叱るんだよ俺。リオネルもちょっとは学習しろよ。

「なー、ユウ！　あれなに？」

ミリアが指したのはビッグスクリーンに表示された、□□□□□というふうにマス目が並んで表示されているエリアだ。

「あれは稼働中のダンジョンを示してるんだ。挑戦者の位置もなんとなく見えるようになってる」

「挑戦者——冒険者のことか？」

「まぁ、そうだな。冒険者以外も挑戦できるけど」

「ん？」

「商人だってクリアしてる」

「は？」

まったくワケがわからない、という顔をしていた。

「……話すより、とりあえずミリアもやってみたらいい。命の危険はないから」

「ど、どういうことだよ」

「ボスの非常識です。あなたもここにいたいのなら慣れたほうがいいですよ」

なんかまたしてもリオネルが聞き捨てならないことを言っている。

っつうかどうしてミリアも俺のダンジョンに住む、みたいな方向に持っていこうとしてるんだ。

「ここに転移魔法パネルがあるから。ちなみに入場料は銀貨一枚」

「はあー!?　金取んのかよ、ダンジョンのくせに！」

「ダンジョンのくせにとはなんだ。お前だって魔族のくせに金を持ってないじゃないか」

「じゃあタダでいいよな」

じゃあ、ってなんだよ、じゃあ、って。

「……無一文からは取らないよ。ほら、行ってこい」

「わかっ――――」

話している途中に転移させてやったわ。はははははは。ミリアのきょとんとした顔が目に浮かぶぜ。はははははは。

「ボス、仕返しがチンケです」

「うっせー」

どうせすぐにミリアは戻ってくるだろう――――と思っていたら、案の定すぐに戻ってきた。

銀の延べ棒を持って。

……え？

「なんか楽勝じゃん。あんなのでいいの？」

「ちょちょちょちょちょっと待てええええい！　なにクリアしてんの!?　なにさらっとクリアしてんの!?」

「だってトラップの位置とか丸見えだし」

「は？」

ミリアを飛ばしたのは俺が動作確認用に造ったサンプルのトラップルームだ。転移先はこの司令室。彼女が持っているのはこれもまたサンプルの銀の延べ棒ではある。

サンプルとはいえ、トラップは本番環境とまったく同じだ。

「人間って不思議だなー。こんな簡単なトラップで喜べるんだ」

「ごめん、意味がわかんない。わかるかリオネル」

リオネルは首を左右に振った。かちゃかちゃ。

「トラップの位置が見えるってどういうことだ」

「魔力の流れだよ」

「『まりょくのながれだよ』じゃ、わからんがな」

「はあ？　ユウってバカなの？」

ほんとマジこのガキは……。

だが俺は怒らない。大人である鷹岡悠はこんなことでは怒らないのだ。すー、はー。すー、はー。

「詳しく教えろクソガキ」

「…………」

呆《あき》れたようにため息交じりでミリアが言う。

「トラップは空中を通っても発動するだろ？」

「おう」

「どうして発動するんだ？」

「……そりゃ、トラップ発動範囲を空中にしたからだ」

「そうじゃねーよ。つか、原理わかってる？　よくトラップなんて作れたな」

ミリアが言うには、こうだ。

トラップの感知範囲は、トラップが魔力を漂わせているのだそうだ。

これを見ることで順番なんて覚えなくてもすぐにクリアできる——。

「……それって魔族の特権だよ、な……？」

「人間でもできるヤツがいるって聞いたことあっけど」

「今すぐトラップを改修するぅぅぅぅぅぅ！」

俺、ミリアに教わりながら感知されないトラップ（新）を造ることに成功。

いやほんと、ミリアを救ってよかった。情けは魔族《ひと》のためならずだわ。

あとなんか知らんけどミリアがダンジョンに居座ると言い出した。俺、しばらく考えた結果

……うむ、確かに俺の知らないことを知っていることもある。今回のトラップのように。だから

滞在許可を出してやってもいいだろう。

けして健康的なヒップラインに目がくらんだわけではない。

……そういや、コイツの、記憶をぶちまける能力ってなんなんだろうな？

＊アルス＊

「アルスさん！　大変ですよ！」

因縁をつけてきた冒険者を返り討ちにし、その喉元に切っ先を突きつけていたところへ他の冒険者がやってきた。

「いや、たいして大変ではなかったよ。僕の実力だったら彼らくらい軽くあしらえる」

「えっとそうじゃなくて――いやそっちも十分大変なんですけど！　そうじゃなくて！」

「なんだい？」

絡んできた冒険者にどう落とし前をつけさせようかと悩んでいたアルスは、初めて、走ってきた冒険者が自分を心配してやってきたわけではないことに気づいた。

「あ、新しいダンジョンがオープンしたんですよ……！」


レストランと雑貨店の間、一〇メートルくらいの広さがある通路。

そこをまっすぐ行くとダンジョンの入口である。

「あれ？　こんなに広かったっけ」

「つい今し方、いきなり広がったんですよ」

「……そんな音聞こえなかったけど」

「無音でした」

アルスは報告に来た冒険者といっしょにやってくる。絡んできた冒険者のことはもうすっかり頭の外だ。

「初級第一ダンジョン……初級第二ダンジョン……？」

もともとあったダンジョンの入口――転移魔法トラップは、通路の最奥、右手にあった。その左側に新たに転移魔法トラップができたらしい。

上部には「初級第二ダンジョン」と書かれたプレートが掲出されている。

「……相変わらず丁寧なことだ」

アルスの想定を簡単に越えてくるこのダンジョンを腹立たしく思いながらも、アルスは初級第二ダンジョンへと向かった。

当然のように冒険者が群がっている。

「すまない、通してくれないか？」

「あっ、アルスさん！　おいお前ら、アルスさんが来たぞ！」

ざわついていた冒険者たちの声のボリュームが一段下がり、アルスの前で人垣が割れた。「アルスさんだ」「挑戦するのかな？」「そりゃアルスさんだし」ささやきが聞こえる。

「よう、アルス。お前も気になるか」

「ま、一応ね」

人垣の先にいた男――筋骨隆々で、額が少々広がりつつある。焦げ茶のあごひげが生えている男――上級冒険者であり、アルスと同様初級第一ダンジョンをクリアした男、ボガートだ。

彼は冒険者らしく、硬化させた革のプロテクターを装着している。このダンジョンでは必要のないものであるにもかかわらず。アルスとしてはボガートの、武人らしい振る舞いが嫌いではなかった。

「今度のはどうなってる？」

アルスがたずねると、ボガートはくいっとアゴで示しただけだった。

そこには注意事項の記載されたプレートが貼られている。

『現在、ホークヒルは「初級第一コース」「初級第二コース」のみオープンしております。「中級コース」「上級コース」については冒険者の皆さんのクリア状況を見て順次公開していく予定です。

こちらは「初級第二コース」の入場口です。

入場料金：一人あたり銀貨一枚（最大五名まで同時参加が可能）

※本ダンジョンは命の危険はまったくございませんのでお気軽にご参加ください。』

「同じ……ではないね」

「ああ。最大五名というのが気になるな」

「同じ場所に転移するのだろうか？　あるいは……」

「わからん。わからんが――知る方法はある」

ボガートはにやりと笑い、人差し指と中指で、銀貨をつまんで見せた。

「行ってみねえか？　俺とお前で」

オッサンのくせに、きざったらしいことをする。

だが、嫌いではない。

「いいよ。やろう」

不意に誕生したボガートとアルスのコンビに、周囲の冒険者たちが一気に沸き立つ。

「すげえー！」

「特級と上級の組み合わせとか滅多に見られねえぞ」

「いきなりクリアしちゃうんじゃない⁉」

「報酬なんだろうな」

もうクリアした気になってるな……とアルスは苦笑しながらも、ボガートの隣に立った。

銀貨の投入口は五か箇所ある。「同時参加を希望する場合は同時に投入すること」という注意書きが書かれているから、同じタイミングで銀貨を入れればいいのだろう。

「行くよ、ボガート」

「おう！」

そして二人の姿は、消えた。

初級第二ダンジョン——ふざけた名前だ、とアルスは思った。第一のほうだって一般常識で考えたらあり得ないづくしのダンジョンだった。トラップの内容といい、そもそもダンジョンのやり口といい、さらには報酬までも。

どうせまともなダンジョンじゃないだろう。

そう思いながら転移したアルスだったが、

「……なんだ、ここは」

足元は周囲一メートルほどだけが明るい。いや、上からスポットライトのように明かりが落ちている。その明かりが強すぎて、一メートル先が見えない。暗闇が広がっている。

「どうやら、同じ場所に転送されるようだぜ、アルスよ」

「そうだね」

アルスの横にはボガートがいた。二人だけすさまじい光を浴びているのだが、不思議とこの光は熱さを感じなかった。

静かだ。死のような静けさが満ちている。

空気の流れから、彼らのいる場所は広い空間なのだということは知れた。

『初級第二ダンジョンの案内をします。案内をキャンセルする場合は光から外に足を踏み出してください』

声が聞こえてきた。アルスとボガートは、一言一句聞き逃すまいと集中する。

『ここは初級第二ダンジョンです。このダンジョンでは命の危険はありません。モンスターの攻撃、飛来するトラップへの衝突、崖下への滑落などが起きた場合も転移魔法によりダンジョンから排出されます』

モンスター？

おいおい、「らしくない」な。

これじゃあふつうのダンジョンじゃないか――まあ、「ふつうのダンジョン」では命の保証なんてしてくれないが。

『チームで挑んでいる場合はすべての失敗が連帯責任となります。一人が失敗すると強制的に全員失敗となり、ダンジョンの外に排出されます』

一人失敗で残りの――最大四人も失敗するということか。なかなか厳しい。

『通行可能なルートは発光している地面のみですが、跳躍や飛行は可能です。モンスターに対してもあらゆる攻撃方法を用いて排除いただいて構いません』

「ほう？　俺様向きってわけだ」

ボガートが獰猛《どうもう》な笑みを浮かべる。背負った両手斧《りょうておの》はさらに獰猛だ。顔も武器も獰猛だと歩く災害のようなものだが、冒険者基準ではごくごくよくある見た目なのだ。

そう簡単に排除させてくれるものか？　――アルスはそんなことを思うが、ボガートの気持ちも理解できる。

『光から踏み出すと、ダンジョン攻略がスタートとなります。なお、本ダンジョンの報酬は、金貨一枚となります』

金貨一枚……。

途端にアルスはやる気を失う。ダメだな。やはり撤収しよう。まあ、金貨一枚獲得できるなら、もらっておけばいいか。

『ただし』

ん？

『その一日クリア者が出なかった場合、金貨は翌日に持ち越しとなります。この持ち越しはクリア者が出るまで持ち越しとなり、積み重なります』

――なんだって？

「おいおい？　どういう意味だ？」

「こ、これは――」

アルスが言いかけると、声のほうが先に、

『たとえば十日間クリア者が出なかった場合、クリア報酬は金貨一〇枚に積み重なり、百日間出なかった場合の報酬は金貨一〇〇枚となっているということです』

「なにいいいい⁉」

ボガートが大声を上げた。

『現在の報酬は、金貨一枚です』

そうして――声は止んだ。

「…………」

「…………」

アルスとボガートは今言われたことを頭の中でもう一度考えていた。

「アルスよ、どう思う？」

「……いちばんいいのは誰も挑戦しないで十日後あたりにクリアすることだね」

「んなこと、できるわけねえだろう」

「だよね。目が血走った冒険者なら金貨一枚だって欲しい……」

「ダンジョンの内容次第だが、毎日金貨一枚もらえるならおいしいとも言える……しかし、一度クリアしたら難易度が上がるんだろうな」

「そう思う。だから――とりあえず、ダンジョンを試そう」

そうして、クリアの道筋を確認する。

クリアできる自信がつくまで練習をする。

あとは――報酬が溜まるのを待ち、そのタイミングでここを訪れればいい。

「難易度的には、初級第一ダンジョンを考えると、そう簡単にクリアできるものじゃないと思うね」

「はっ。どうかな。五人で挑めるんだぜ？　楽勝だろうよ」

五人で挑むことでモンスターとの戦いは楽になるだろう。しかし「連帯責任」が気になる。人数の多さにメリットがないのではないか？

「まあ、試してみようか」

「そうだな。行こうぜ」

二人は同時に、光の円から足を踏み出した。

「！」

瞬間、上からの光が消えた。足下は鈍い銅色に光っている。そのエリアから、放射状に伸びていく五本のルート。幅は細い場所で一メートル、広くて二メートル程度だ。それ以外は真っ暗——深さの知れない闇が広がっている。

天井も見えないし、部屋の端も見えない。

闇のなかを道が伸びているだけの空間だった。

ルートは奥へ奥へと広がっていて、迷路のように入り組み、時に混じり、時に枝分かれし、時に途切れ、時に移動し、時に回転している。

最終的にルートはずっと向こうで集約されるのか、どうなのかはこの位置からはわからない。

「広い……」

「俺は目がいいんだが、こりゃあ一キロ以上はあるぞ」

「――敵だ！」

崖下から飛びだしてきた三体のモンスター。

「ほほう、これはこれは……」

アルスは思わずうなってしまった。

岩石の塊をくっつけあわせ、人間のような形にしている――ゴーレムだ。

このモンスターは魔導モンスターであり、純粋な魔力によって動いている。生命体ではないので他のモンスターとは若干意味合いが異なる。

三体のゴーレムは固まっている。右側のルートは空いている。逃げることもできるが――。

「しゃらくせえ、たたきのめすか」

ボガートが両手斧を構えた。

ゴーレム程度、上級冒険者なら一人で十分倒せるのだ。

「先に行くぜ！」

「うん、そうだね――」

なに⁉

同意しかけたアルスだったが、ゴーレムの意外な点に気がついた。

手先だ。

そこだけ青色の球になっている。

そして――刻まれた文字。「転移」と。

「ボガート、気をつけろ！　その手に触れると外に出されるぞ⁉」

「なんだと⁉」

ゴーレムはボガートより頭一つぶん大きい。意外にも俊敏な動きで、拳を――転移魔法トラップを振り下ろしてくる。

かすることすら危険だ。

おおげさに横に跳んでかわすが、その先は崖。

「ぬう！」

落ちる手前で踏み込み、跳躍する。

崖を飛び越え、向こうのルートへと飛び移る。

「ふう、焦らせやがって、ゴーレムが」

焦ったのはこっちだよ……とアルスは言いたいところだった。

ゴーレムだからと侮って突っ込んだのはボガートだ。

「これは魔法で崖に落としていくのが最良かな――ん？」

なにかが足に当たった。

「――――」


ぞわり、と背筋を毛虫が這《は》うような感触にアルスがおののく。

そこにはゴーレムがいた。

膝にも満たない、ミニゴーレムが。

もちろん手についているのは「転移」の文字が刻まれた青色の球。

ミニゴーレムはちょんっとアルスの身体に触れた。

＊迷宮主＊

アルスとボガートの二人がダンジョン外へと排出されたのを確認した。

うーん。アルスは一人で来るかと思ったけど、別のダンジョン突破者と組んだか。ボガートは野生の勘に優れた男だから、アルスとは馬が合わないと思うんだが。

「ボス。初級第二はあんなに報酬がよくていいんですか？」

迷宮司令室のスクリーンを見て、俺と同じくアルスたちの失敗を確認したリオネルが聞いてきた。

ちなみにミリアはテーブルの上でお絵かきをしている。……うん、ミリアの部屋のレイアウトを考えてるんだ……あいつ、やっぱここに住み着くらしいぜ……。

「それはどういう意味だ、リオネル？」

「毎日金貨一枚を上乗せしていくってことは、毎日金貨一枚以上の参加者がいないと帳尻が合わないでしょう」

「大丈夫だよ」

「その自信はどこから来るんですかねえ……」

「初級第一ダンジョンの売り上げも順調だし、しばらくは十分支払える。初級第二ダンジョンのいいところはむしろ、クリア者が出なくなればなるほど売り上げが上がることだからな」

「？」

「金貨一〇〇枚の報酬だったら、なんとかしてクリアしようとムキになるだろ？　そのころには一日の売り上げは金貨一枚じゃきかないくらいにふくれあがる」

「はあ、そういうもんですか？」

「アルスはおそらく、金貨が溜まりきったところでクリアするつもりだぞ。確実にクリアできるよう練習はするだろうけどな」

俺にだってその辺は読めている。そうなると、なにが重要になるのか。

難易度調整だ。

「絶対クリアできない」ではもちろんなく、「もしかしたらクリアできる」くらいの難易度にできるのが望ましい。こういうゲームは、報酬が溜まりきったところで強いヤツが出てきたサクッと持って行かれるのが、最悪のユーザー《U》体験《X》だ。それまでシャカリキになっていた参加者が萎えちゃう。だからほどよく難しく、アルスだけじゃない他の参加者にとっても「ワンチャンある」と思わせる難易度調整が肝心だ。アルスが確実に勝てるものにしてはならない。

　ちなみに俺がこの報酬持ち越しシステムを思いついたのは、宝くじのキャリーオーバーシステムからだ。宝くじは必ず胴元が勝つようになってる。しかも一等の報酬が巨額だと、その獲得可能性はほぼ存在しないレベルで低いってことを忘れてしまう。実際、宝くじの還元率――購入金額に対して、購入者に当選させる金額の理論上上限値――は、たしか五〇パーセントを切っていたはずだ。たとえば全体で百億円買われても、当選金額は五十億円に満たないのだ。胴元は五十億円以上儲けるというわけ。それもこれも還元率が法律で五〇パーセントを超えないよう定められているからなのだが……まあそれはいいや。

　ともかく、アルスが簡単に勝てないようレベル調整をしていくつもりだ。こればかりはアルスをはじめ、他の冒険者のチャレンジを見ながらゴーレムを調整するしかない。

「しっかしボスは……底なしですね」

「え？　あの崖は底があるぞ。まあ途中で転移魔法トラップが働くようになってるけど」

「そうじゃなくて、魔力のことですよ」

ああ、それか。

実は最大MPが250万を超えたときに覚えたのだ。新たな迷宮魔法「魔導創造ゴーレム《マジッククリエイション》」を。消費MPは5万である。リオネル五体。だからまあ、百体造りだして軽い軍隊にしよう――とかはできないが、初級第二ダンジョンを回すくらいはできる。

知性スケルトンなどと同じく、一日一回の闘魂注入……じゃなかった、魔法注入が必要だけどな。

とりあえずは初級第二のダンジョン数を三つまでにしている。俺の最大MPが増えたら増築を考えるつもりだ。

「なあ、リオネル。ゴーレムってどれくらいのMP……魔力を消費するの？」

「稀代《きだい》の魔導師と言われる存在ならば――」

「そういやそのたとえ、前にも聞いたな。リオネルが百体ならゴーレムは二十体か」

「私は百人もいませんよ」

いてたまるか。お前みたいに口うるさい骨があと九十九人もいたら俺の頭がおかしくなるわ。

「軍に所属している第一線級の魔導師なら、一体くらいかもしれませんね」

「なるほど……」

「ボスはさらに私をはじめとするスケルトン騎士団まで組織していますからね」

「そうだな――じゃねえよ。なんだよ騎士団って」

「白骨騎士団《ホワイトナイツ》って名前かっこよくないですか？」

「かっけー！」

ミリアが食いついてきた。……ミリアのカッコイイってなんか軽いよな……俺が迷宮主だってわかったときも「カッコイイ」連発してたけど、あれもたいして意味がないのだと気づいてしまったぜ……。

「ボス、泣きそうな子犬のような顔をしていますよ」

「そっとしておくとかいう気遣いができないのかよ、お前は」

「ボスのそのようなお顔を拝見して、胸が痛くなり、思わず言ってしまいました……」

骨の指先で胸を押さえようとして、肋骨《ろっこつ》をスカスカやっている。

こいつ俺のことおちょくってるよな？

「ま、いいや。そろそろホークヒルも次のステージに移ってくるころだし――初級第三ダンジョンのオープン準備も進めなきゃな。そうだリオネル、第三のオープンに間に合わせたいから今夜もアレやるぞ」

「わかりました」

「？　なーなー、アレ、ってなに？」

「お子様は知らなくてよろしい」

「はぁ？　アタシもうオトナなんですけど？」

「オトナは腹減ったからと大声を上げたりしません――――ってやめろ！」

ぶんっ、とミリアが拳を繰り出してくるので俺はあわてて避けた。

「は？　避けんなし」

「避けるわい。お前のパンチはやべーんだよ！」

ミリアに触れると記憶を垂れ流してしまう。生前の記憶がよみがえったことはうれしかったけど、香世ちゃんと俺の関係までリオネルに知られた俺のつらさがわかるか？

「はぁ～？　こんな乙女に向かってなんだよそれ」

むっすー、と唇を尖らせているミリアだが、確かに、うむ、健康的でぷっくりした唇ではある……じゃないわ。そこじゃないわ。こいつ、自分が記憶を垂れ流させる能力を持ってることを知らんのか？」

「リオネル！」

「はい」

「あっ、ユウ、逃げんな！　アタシの部屋のレイアウト決めたのに――――」

俺は「潜伏《サブマリン》」を使ってさっさと逃げ出した。「あたしの考えた最高の部屋」はあとで見てやるとして、記憶の垂れ流しだけはなんとかせんとな。

なんか思うんだけど、ミリアが奴隷になったのってあの能力があったからなんじゃねーかな……正規兵が奴隷を運ぶってケースはあんまりないって、リオネルも言ってたんだよな。確かにミリアがいれば、犯罪者に自白させるのとか超簡単だし。それどころかスパイとか、敵対している相手とか、捕まえて秘密を吐かせるのも楽勝になる……。

「………」

ま、いいか。

俺にはミリアの能力は必要ないし、ミリア自身もよくわかってない。

まずは日課だ、日課。

今日のダンジョン営業が終わったら、リオネルを連れて「アレ」をやろう――。

「わりと好きなんだよなー、俺、単純作業」

腕が鳴るぜ。

俺とリオネルが毎晩やっているのは、そう、街道の整備である。

＊？？？＊

「あの魔族奴隷をまだ見つけられんのかッ！」

投げつけられたグラスにはワインが入っており、その中身が、跪《ひざまず》いた武装兵の頭にぶちまけられる。

「申し訳ありません……」

三十代も後半という武装兵はうなだれたままだった。

うなだれていてもわかる、顔の四角さ。刈り込んだ髪も角刈りにしてあるので、顔全体が四角い。そして筋骨隆々なのでいかつい。

「わざわざ正規兵を使って護送までしたというのに奪われ、しかも襲ったのが山賊で、さらにはその山賊も捕まり、肝心の奴隷が見つからん……そんなことあり得るかッ！」

「申し訳ありません」

「それしか言えんのか、貴様は！」

怒鳴り散らしているのは小太りの男だった。身なりはよく、胸元のブローチは巨大なルビーをあしらっている。

とはいえ昼から酒を飲んでいるあたりの不摂生が祟《たた》ったのか、頭髪は寂しくなっており、それを隠すためにカツラをかぶっている。すでに秋も深まっているという頃合いだがカツラが蒸れるのか、時折頭皮をぼりぼりとかいている。

「ダンジョンだかなんだか知らんが、さっさと見つけてこい！」

「しかし、ダンジョンでは魔族を見たという冒険者はおらず、街道の先の街をいくつも回りましたがそこでも発見情報はなく……」

「それなら森に逃げたとでもいうのか？　魔族の子どもがうろついていたら、野犬に襲われて死ぬと言ったのは貴様だぞ。森に逃げるくらいならふつうは、ダンジョンに逃げると」

「は、はい……」

「さっさと行け！　だが領主には気づかれるなよッ！」

怒鳴り声を浴びた武装兵は立ち上がり、部屋を辞する。

「――ブランティス隊長、ご無事でしたか」

「これが無事に見えるか」

「一瞬、ワインが血に見えましたよ。血だったらヤバかったですね。まあ、あの豚がブランティス隊長をどうこうできるとは思わないですけど」

頭を顔を布きれで拭きながら武装兵は、隣に並んだ若い兵士を見やる。

「お前……雇い主、っていうか、貴族を相手に豚とか言うなよ……」

「ひひっ、まあいいでしょ。聞こえてないし」

「いや、本人じゃなくて使用人とかもいるだろ」

「ここで雇われてる人ってみんなあの豚のこと嫌ってますよ。領主を蹴落としてその座におさまることしか考えてないせせこましい豚野郎だって。豚に領主なんて務まるわけないっしょ」

「…………」

武装兵――隊長は、若い兵士の先行きが心配になる。世の中には言っていいことと悪いことがある。それがすべて正論であったとしても。

彼らは貴族に雇われている私兵だった。私兵、とは言っても貴族家の紋章をつければそれは正規兵という扱いにはなるのだが。

男はその部隊を任されている隊長だった。腕を買われて隊長となり、この街に滞在している。もちろんあの豚貴族は彼の名前なんて覚えていない。

ここはホークヒルから見える街だ。

城壁に囲まれ、外敵はおいそれと入ることができない。

とある貴族領の中心地であり、領都リューンフォートと呼ばれている。商人ルーカスの出身地もここだし、冒険者アルスが根城にしているのもここだ。

領都ともなると複数の貴族がお屋敷を持っており、「豚」もその一人だった。

「あの奴隷、街道沿いにはいなかったから、森のなかか、ダンジョンか……」

隊長のミッションは魔族奴隷を見つけ、雇い主である貴族のもとに連れて行くこと。

なんでまた魔族なんぞを奴隷にするのかとは思うが、雇い主の言うことは絶対だ。ともかく豚閣下は大金を払って、別の貴族から魔族奴隷を買った。その貴族はリューンフォートへと魔族奴隷を護送したのだが、山賊に襲われ、奴隷は逃げ出した。

まず最初に隊長は街道を調べた。山賊と正規兵の衝突によって魔族奴隷が逃げ出したのなら、街道を伝って逃げるだろう。自分が運ばれるはずだった街方向へ逃げるわけがないので、リューンフォートから反対方向へと捜索した。

が、見つからず。

なに一つ手がかりもなく。

最悪のケースは、森に逃げ込んで野犬やモンスターに殺されたことで、なるべくその可能性は考えたくなかった。大金を払った魔族奴隷が死んだと知ったら、雇い主がなにを言い出すかわからない。

「――隊長！」

貴族のお屋敷から出て、裏手へいくとそこには私兵たちが暮らす宿舎があり、ちょっとした訓練ができる広場があった。

そこにいた部下の一人が走ってくる。

「どうした」

「それが、斥候《せっこう》チームが見つけたらしいです」

「！」

まさか魔族を？

身を乗り出した隊長だったが、

「山賊のアジトが山の中腹にあるという情報をつかみました」

「……山賊か」

魔族奴隷がどこにいるのか、という可能性の一つとしてこの隊長も「山賊のアジト」を考えていた。正規兵との戦いのあと、山賊はスケルトンに襲われたとか言っているらしいが、それは真っ赤なウソであり、攫《さら》った魔族奴隷をアジトに運んだのではないかという推測だ。

大体ホークヒルというダンジョンにはスケルトンなんていない。

それなら山賊がウソを吐いていて、魔族奴隷が山賊のアジトに運ばれたという可能性は十分ある——まあ、縛られた山賊を街道沿いに放置していったのは意味不明だが。

「どうします？」

首に手を当ててコキコキと隊長は音を鳴らした。

「そりゃ、決まってるだろ……アジトを探して、その後は山賊退治だ」

「はい！」

調査任務やら貴族への報告やら、そんなことより、山賊と戦っているほうがよほど気が楽だ。

＊迷宮主＊

初級第二ダンジョンはなかなか盛況だった。金貨一枚という報酬の低さを嫌がる冒険者もいた

が、攻撃も魔法もＯＫというのが気に入った冒険者が多く、初日の売り上げは銀貨二一二枚だった。

「やっぱりよ、一人で潜り込んだほうが成功率が高いと俺は思うぜ」

「バカ、なに言ってやがる。お前が足を引っ張らなきゃもっと奥へ行けたんだ」

「ゴーレムにびびってるヤツが言うんじゃねえ」

「なんだと！」

「止せ止せ。俺たちはここに、ダンジョン攻略に来てるんだ。ケンカしてどうすんだ」

そんな会話が、宿やレストランのあちこちで繰り広げられている。

まだ暖かい季節だ。客が多すぎて困っているルーカスのレストランは、レストランを奥に拡張するのではなくテラス席を増やすことで対応している。やはりダンジョン内部に席があることを嫌がる冒険者もいるようで、ルーカスなんぞは「こういった、認識を改めるには時間がかかるのです」と言っていた。やはりできる商人は目の付け所が違う。

そのルーカスは初級第二ダンジョンができるや、アルスたちの次に飛び込んだ。

一人で。

「おおおお！　これが先生の新しいダンジョン！」

なんて叫びながら突っ込んで行ったが、クリアはできなかった。身体を使った挑戦は頭脳派のルーカスには向いていないのだろう。

……それなのにルーカスは他の誰よりも奥まで進んでいて、俺は肝を冷やしたのだが。

「では行きましょうか、ボス」

「うん」

初級第二ダンジョンの評判をひとしきり確かめた俺は、リオネルとともに迷宮の街道側へとやってきた。

「今日中には行けると思いますよ」

「最初の街だな」

俺の真上、街道をリオネルが歩いている。時刻は夜十一時。さすがに通りがかる乗合馬車もなければ旅人もいない。山賊はいるかもしれないが、先日の騎士による大捕物のおかげでこの辺りにはいなさそうだ。

「ボス、右です」

「はいはい」

「ボス、行きすぎです。ここからぐるっと右にカーブしています」

「はいはい」

ん、俺たちがなにをしているのかって？

迷宮の拡張――ではない。まあ、拡張はしてるんだけど。

俺は地中を掘り進めながら天井に向かって迷宮魔法「平面整地《ローラー》」をかけ続けていた。これによって天井は固くなる。どのくらい固くなるかと言うと、剣をぶつけても剣が折れるほどだ。

天井が固い、つまり、上から見ると地面が固くなる。

俺たちのいる上は――街道が走っている。

雨が降ったり馬車が通ったりで街道は常にでこぼこだ。土が削れるのだからそれもそのはず。

だが、「平面整地《ローラー》」をかけておけばどうなるか――柔らかい部分が取れ、硬い地面が現れるというワケ。

やがてこの道は、土の道だというのにアスファルトのように滑らかになる予定だ。

つまり俺は街道を整備しているのである。

俺のプランはすでに次の「初級第三ダンジョン」オープンまで視野に入れている。これをオープンするには、冒険者ではない一般客を増やすことが非常に重要なのだ。だからこそ、街道の整備。

街道が整備されれば交通量が増える。交通量が増えればホークヒルに挑戦する者が増える。ホークヒルが安全だと広まれば一般客が増える。一般客が増えてきたタイミングで、初級第三ダンジョンを公開するのである。

「もう一キロメートルほどまっすぐ行けば街ですぜ」

「おっ、もうそこまで来ていたか」

俺が目指していた街は監視窓から遠目に見えていた街だ――ルーカスの出身地でもある。

リューンフォートって言うんだってさ。ファンタジーだぜ。

「戻っていいぞ、リオネル」

俺が天井に空いた穴に向かって声を掛けると、そこには夜空が広がっているのだが、ひょっこり現れる白骨しゃれこうべ。軽いホラーだぜ……。リオネルはひらりと穴に飛び込んでくるので、俺は穴を塞いだ。

リオネルは俺の代わりに地上を歩いてリューンフォートまでの街道の方角を教えてくれていたのだ。

地上を歩けないってことがここまで不便だとは思わなかったぜ……。

ちなみに天井に穴が開いている真下を俺は通れない。天を仰げる場所は「迷宮の外」なんだ。

もし真上の土をどける——つまり強制的に俺が迷宮外に出るとどうなるか？

もちろん吹っ飛んだ。俺が。強制的にダンジョン内に弾き飛ばされるってワケだ。

「よし、あとは一直線だな？」

「はい」

「では……『空間精製《リムーブ》』どーん！」

リューンフォートのある方角へ、左右五メートル、高さ二メートル、直線一キロほどに渡って空間を消し去った。

「『平面整地《ローラー》』どーん！　……が、できないから、ちまちま行くか」

見た目は変わらないが、これで天井は固くなっている。

ついでに床と壁も強化しちゃう。

「いやー……いつ見てもボスの魔法はエグいっすね」

リオネルが感心しているが、一キロまっすぐ整備しても2万5000ほどのMP消費だ。今の俺には痛くもかゆくもない。

「それを言うならアルスや冒険者の魔法のほうがすごいだろ」

「『巨人の鉄槌《タイタンブロー》』と『黄昏の雷雲《サンダークラウド》』ですか？」

「そう、そう、それ、それ」

「でもスケルトンを一体召喚する魔力と同じくらいですよ？」

「なに。あんなに派手なのに1000程度のMPで使えるってこと？」

「1000、ってのがわからないですけど、まぁ、モンスターをまるっと召喚するのってかなり魔力を消費しますからね。『巨人の鉄槌《タイタンブロー》』なんかは腕だけですし」

「コスパ悪いなー。あの攻撃魔法があったらスケルトンなんて何体いたって吹っ飛ばせるじゃん？」

「その代わりスケルトンは一度召喚したらずっと働いてくれますよ！　攻撃魔法なんて一回使ったらパッと終わりですからね、パッと」

いや、毎日更新のMP掛かるじゃねーか。

ていうかなんかリオネルが必死なのがウケる。そうか、こいつは「コスパが悪い」と召喚を止められるんじゃないかと心配したのか。

「大丈夫だ、リオネル。俺はお前たちを使い続けるさ……そう、骨が磨《す》り減ってもこき使ってやるさ」

「うわぁ、全然うれしくない。これがほんとの骨折り損のくたびれ儲け」

「そういうのいいから」

つまらない話をしている間に、一キロほど歩き――リューンフォートの街（地中）へとやってきた。

「さて、リオネルくん」

「はい」

「この真上には街がある」

「そうですね」

「俺はついに、街へとやってきたのだ！」

「そうなりますね」

「……リオネル」

「ええ」

「……ここ、真っ暗なんだけど」

「そりゃ地中ですし」

ちくしょー！

せっかく街まで来たのにさっきからずっと俺が見ているのは地中だよ！　クソ！

「はあ……とりあえず街道は整備できたから帰るか」

「あれ？　帰っちゃうんですか？　ボスって街になにか用があったんじゃないんですか？」

用、だと？

あるに決まってんだろ！　俺だって自分で食い物買いたいわ！　服だって選びたいわ！　それで女の子と甘ーい恋に落ちたりするんだわ！

「用があってもできねーんだよ！　外出る方法がねーんだから！」

そうだよ！　甘い恋の前に穴掘ってこのダンジョンに女の子を落とさなきゃなんだわ！　それ犯罪な。俺知ってる。

「それはまぁ、そうですけども。でも室内ならいいじゃないですか」

「あん？」

「ていうかどうなるんでしょうね。地中から家に入り込んだら……屋根はあるわけじゃないですか。そこってダンジョンなんです？」

「……地中から、家に？」

その発想はなかった。

確かに地中からいけば、そこに屋根はあるわけだ。俺の所有物じゃないけど。

地中から不法侵入した場合はその家をダンジョンとして認めるのかどうか、ってことだよな。

「やってみよう。リオネル、近くに家がないか見てくれ」

疑問に思ったらチャレンジだ。

「はいはい……ってここ、もう、街のなかなんですよね？」

「ん？　たぶんな。城壁の内側はお前も知らないだろ。だから天井を空けたら、もしかしたら、便所に出るかもしれん」

「それ……いやです……」

「まあ、やってみなきゃわからんだろ。よし、リオネル、行け！」

「うう……この迷宮主は横暴です……」

俺が小さく穴を空けると、リオネルが首を外に出した。

「ど、どうだ、リオネル」

「うわあ⁉」

戻ってきた。

「なに、どうした⁉」

「め、め、目の前で酔っ払いが寝ていたもんで……」

「……酔っ払いかよ。最近暖かいからな。それで、周囲に家はあったか？」

「未確認です」

「さっさと行け」

んもう、ボスってば人使いが……骨使いが荒いんですよね……とかなんとかほざきながらリオネルがまたも首を出す。

「失礼しまーす。ちょっとごめんなさいよ～」

街中、地面からしゃれこうべがひょっこり顔を出す。うーん、想像するとシュールだな。しかも目の前には酔っ払い、と。

「ボス、ここから一〇メートルほど先に手頃なヤツがあります。侵入するにはおあつらえ向きの」

おあつらえ向きってどんなだよ。

「一〇メートルだな？」

だけどまあ、家であればなんでもいい。俺はダンジョンを掘り進め、大体一〇メートルほどのところで止まった。「平面整地《ローラー》」をかけているので崩落の心配はないが、頭上から足音や声が聞こえてくるのは不思議な感覚だ。

「リオネル、一応聞くけどここらの家の構造ってどうなってる？　床下なんだが」

「どうでしょ？　私の認識だと大体三〇センチとか五〇センチほど高くしてあって、床は板敷きがほとんどですよ」

なるほど、床下はちゃんとあるんだな。

よし。それじゃ実験開始——天井に穴を、オープン！

「いでぇっ⁉」

手に痛みが⁉

ばちん、って弾かれたぞ⁉

なんだこりゃ……初めての反応だ。なんというか、「強い拒否反応」って感じだ。

「どうしました、ボス。いきなり手をぶんぶん振り回して。危うく私に当たるところでしたよ」

「もうちょっと俺の心配をしろよ。穴が……空かないんだ」

「ふむ？」

リオネルが手に持った剣――一応外出しているので剣は持っている――でもって天井を刺そうとする。

「……空きましたよ？」

「え？」

どさりと土が落ちてきた。

お、おお、ほんとうだ。ぽっこりと穴が空いている。

「お前はそこから出られるか？」

「えぇ～不法侵入ですよ。空き巣ですよ」

今さら言うか、それ？

「いいから行け」

「ああ、哀れスケルトンは迷宮主の犯罪に荷担することを余儀なくされたのであった……」

黙って行けっつの。

「出られますね」

「どんな様子だ？」

「えっと、まあ、ふつうの床下ですよ。結構広いですけどね、ここは。高さ七〇センチくらいありますが――おお、ネズミだ」

「ふーん」

リオネルがネズミを追いかけていったので俺も穴の真下に手を伸ばす。

……うん、大丈夫だ。やっぱり上に屋根があるとここが「外」だとは認識されないようだ。

じゃあ、俺も出て行ってみようか。

「――いでぇっ!?」

頭だそうとしたら！　ばちんって！　ばちんって弾かれる！　俺の頭頂部が危ない！　うちの父は頭頂部が焼け野原なんだぞ！　遺伝してたらヤバイんだぞ！

「ちょ、ボス、うるさいですよ」

「だって痛いんだもんよ！」

「ここで騒がないほうがいいですよ」

「なんでだよ……ってまあ、あれか。人んちの地下だもんな」

「えーとまあ、そうなんですが、そうではなくて……」

「なんだよ、歯切れの悪い」

って。

その手！

「ネズミ持ってくんじゃねえよバカ野郎がぁあああ！」

「え？　かわいいでしょ」

「かわいいわけねーだろ！　捨てろ！　捨ててこい！」

「飼いましょうよ」

「飼わねーよ！　よく見ろよ、そいつ、泥まみれでいかにも病原菌にまみれてそうじゃねーか！」

「あ、ボス、声が大きい――」

リオネルが言いかけたときだった。

どたどたどたと複数の足音。

「誰だそこにいやがるのは！」

「出てこい！」

「ずいぶんとまあ、なめたことしてくれるじゃねえか！　この冒険者ギルドに忍び込むとはよお――」

……は？

冒険者ギルド？

この上が？

ビッ。

リオネルが得意げに親指を立てて見せた。

「ににに逃げるぞおおおお‼」

「野郎ども、賊は地下だ！」

「刺せ！　刺すぞ！」

走って逃げる俺と、追ってくるリオネル。直後に、銀色の輝きが床の踏み板を破って降ってきた。

冒険者ギルドの皆さん、その対応は正しいです。

なんとか逃げおおせ、さらには地下の空間も元どおりにし、迷宮司令室に戻ってからリオネルを超叱った。

ネズミも野に返させた。白骨がネズミを飼いたいとかちょっとどうかしちゃってるよ。

「ふう……」

大変な目に遭った俺だけれども――収穫はあった。

家への侵入ができなかったことだ。代わりに、屋根は認識していた。この事実について俺はあれこれ思いを巡らせたが、わからなかった。

ちなみに冒険者ギルド以外にも試してみたが同じように穴を開けることはできても、侵入はできなかった。

なぜこんなことが起きているのか――これについて答えが出るにはそれからしばらくの時間が必要だった。

俺の最大ＭＰが１０００万を超えたときにそれは起きた。


トンッ、トンッ、トンッとミリアの形の良い人差し指が、迷宮司令室のテーブルを叩く。

肉感のある太ももをどっかと組んだ彼女ははっきり言えば不機嫌だ。

ミリアがでっかくなってから三週間くらい経ったし、こいつがいる生活にも慣れた。そ、そりゃまあ、ね？　最初はね？　エロイ身体の女が（たとえ肌の色が紫がかっていても）現れたのだからドキドキしましたよ？　でも中身はミリアだ。がさつで乱暴だ。腹ぺこわんぱくミリアだ。色気もクソもない。

「だから言ってんだろー？　アタシはじめじめした部屋がイヤなんだよ」

「じめじめしてないだろ。温度は二二度、湿度は七五パーセントを保ってる。これでじめじめしてるんならもっと乾燥させてやるよ。お前の自慢の金髪がパキパキになるくらいに」

「ちっげーよ。そういうんじゃなくて、なんかさー、こう、暗い」

「明かりは十分だが？　お前の部屋だけ特別扱いで天井一面にライト点《つ》いてるだろ？　骨どもな

んて明かりがまったくないどころか調度品一つない部屋で立ったまま寝てるんだぞ」

「私らそういう執着がまったくありませんからねえ。そもそも寝る必要もないんですが」

からからと笑うリオネル。

寝る必要も休憩する必要もないようだが、三百六十五日二十四時間勤務を強いるとなると、前の世界での俺の勤務記録がちらつくんだ……二十連勤とか当たり前でしょ？　クライアント様は待ってくれないのよ？

「うっ、胃が！」

「ボス、なにやってんすか」

「ほっとけよリオネル。またユウのワケわかんないヤツだよ」

意味不明が通常運転のように思われている迷宮内での俺の立場はどうなってるんだよ。主なんだが。ここの。一応。

「あのー、私思うのですが。ミリア殿は部屋に窓が欲しいのでは？」

「窓ぉ？」

「昼夜もわかりますし、外の風も入ってきますし」

「あー、そうかもしんねーな。アタシ、ここんとこ全然外出てねーし」

出てくれても構わないんだぞ。そのまま街に行ってくれても俺としてはまったく構わないんだが？

「窓なんてダメだ、ダメ」

「えー、なんでだよ、ユウ」

「ろくなもんじゃない。昼夜がわかるだって？　周りのビルの明かりがどんどん消えていって『あ……六本木でもほとんどの会社が終電前に帰れるのに、俺なにやってんだろ……』って自覚させられるだけだぞ。死ぬほどキレイな朝焼けを見て、まだ終わらない仕事を前に無性に泣きたくなるんだぞ。極めつけはロケット弾が飛び込んでくる」

　リオネルとミリアが視線を交わす。

「こいつやっぱ頭おかしーよ。意味わかんねーもん」

「迷宮主の考えることですからねえ」

　容赦ないよな、こいつらって。

「なー、ユウ。窓くらいいいだろ？」

「……わかったよ。そのかわりここからめっちゃ遠いところに部屋移すからな」

「は？　なんで？」

「窓を造るってことは侵入経路を増やすってことなんだよ。リスクは遠ざけておく。それは基本だ」

「なんだよそれ！　アタシは家族じゃねーのかよ！」

「家族じゃないし。どうせ転移魔法トラップで移動するし」

「ユウのバーカ！」

「バカはどっちだ。転移魔法トラップで移動するのに距離なんて関係ない。中継地点をいくつも置いて、連続で転移魔法が発動しないよう制限もする。複数人がやってきたときの対処だな。それから……」

「距離は関係あるよ！　心の距離がある！」

「心の距離なんて最初からあったし、一度も縮まったことはなかっただろ」

「う～～～……！　ユウの……！」

ばーか！　と叫んでミリアは自分の部屋に戻っていった。転移魔法トラップを踏んで。

「あーあ。ボス、怒らせた」

「いやいや……っつうかあいつ、全部俺の金で飯食ったり服買ったり家具そろえたりしてるのに、遠慮とかそういうのないのか？」

「逆なんじゃないですか？」

「ん、逆？」

「まあ、ボスには人間らしさはわからないですよねえ……」

うんうんとうなずいてるリオネル。

いや、お前白骨なんだが……。むしろ俺のほうが人間らしいと思うんだが……。

《1000万。迷宮魔法「迷宮占領《オキュペーション》」、「迷宮同盟《アライアンス》」、「迷宮降伏《サレンダー》」が使用できるようになりました》

うおっ。なんだ？

びくりと身体を動かした俺を、リオネルがうさんくさそうに見てくる。

「いや、急にカヨちゃんの声が聞こえてきてな」

「……カヨちゃん？　ああ、ボスの後輩の」

「それは……はい」

「相手からはなんとも思われていないのに、ボスが勝手に声として採用した相手でしたっけ？」

「それ以上言うな！　泣くぞ！」

マジでキツい。こいつに俺の過去がバレたのが。

それはともかく。

今のタイミングで最大ＭＰが増えたのだ。なんだろう？　と思ったけど、ルーカスのやっているホテルやレストランで落ちたゴミや排泄物を吸収したせいだろう。そんなんでも最大ＭＰが増える。ダンジョン便利。そして衛生的。吸収した物がなんなのかを冷静に考えなければ究極のエコだわな。

おかげさまで初級第二ダンジョンも盛況で、いまだクリア者が出ていないことから日々の売り上げも銀貨六〇〇枚にまで伸張している。

にしても、もうＭＰ１０００万か。そろそろ単位の通貨切り下げ《デノミネーション》を行ったほうがいいかもしれん。

とりあえずカヨちゃん、今の迷宮魔法の名前をもう一度教えて。

《「迷宮占領《オキュペーション》」、「迷宮同盟《アライアンス》」、「迷宮降伏《サレンダー》」です》

……なんじゃそりゃ？

今までの迷宮魔法と、なんていうか毛色が違う気がする。

これまでのがダンジョン運用に関わる魔法だとすると、これは……なんていうか、システムメニューみたいな？　ああ、まあ「製造精霊《クラフトスピリット》」なんかもシステムっぽいっちゃあそうだけども。

カヨちゃん、「迷宮占領《オキュペーション》」ってなに？

《接したダンジョンを占領することができます》

接したダンジョン？　たとえば他の迷宮主のもの？

《そうです。またそれに限らず、他者が所有する建造物なども含まれます》

聞いて――俺はハッとした。

リューンフォートの街での出来事だ。

俺が床下に穴を空けた冒険者ギルドの建物……クソ、リオネルのヤツ、ネズミなんか追いかけやがって……じゃなかった。あそこで感じた「弾かれる」というもの。

あの建物は「他者が所有する建造物」だ。

リオネルは出入りができた。空間がつながっているだけだからな。でも俺は迷宮主だ。俺が移動できる範囲は「ダンジョンだけ」。冒険者ギルドを「別のダンジョン」と認識したのなら、俺は移動できないが、移動できる可能性を残している。

それがこの「迷宮占領《オキュペーション》」だってことだろう。

おいおいおい。

ドキドキしてきたぞ。

ダンジョンとして認識して、占領できるなら、建物と建物を地下でつなげられる。全部占領したら、街の施設を全部利用できるということにもなるじゃないか！

カヨちゃん、接したダンジョンはなんでも占領できるの？

《可能です。ただしダンジョンによって必要な消費魔力量が変わります》

来た！　可能です来た！

気になるのは消費魔力量が変わるというところだな。こればかりは試してみないと……。

うずうずするが、まずは残り二つの迷宮魔法についても確認してみよう。

「迷宮同盟《アライアンス》」ってなに？

《接したダンジョンの迷宮主に同盟を申し入れします》

ほう？

同盟って？

《迷宮主の相互のダンジョンへの行き来が可能となり、迷宮主の専有する機能の一部を利用できます。許可する機能については協議によって変更可能ですが、互いの迷宮において同じ許可状況

となっている必要があります》

なんか難しいこと言い出したな。

えーっと？

つまりは他の迷宮主のダンジョンに、「ごめんくださいよ」と言って入れるってことか。しかも機能の一部が利用可能、と……機能ってなんだよ、って感じだけど、そこは話し合いで決まる、と。

しかし他の迷宮主か。確かに、俺みたいなのがいるんだろうな、他にも迷宮主が。どういうヤツらなんだろう。

「なあリオネル、他のダンジョンって——っていうかなにやってんだよお前」

俺が聞いてしまったのは、リオネルが俺の向かいに座って、ほおづえをついて呆《ほう》けた顔をしていたからだ。

「あ、ボスの真似をしていました」

こいつ、ブッ殺すぞ。ああもう死んでたわ。

「……で、他のダンジョンの迷宮主ってどんなヤツだかわかる？」

「わかりませんねえ。私、迷宮主に喚《よ》ばれたのはボスが初めてですし。話で聞くところによると黒い霧だったり、水晶核だったりするようですが」

生き物ですらねーのかよ。

ま、いいや……どこかで迷宮同士がぶつかったら話し合いが必要になるかもしれないってことだな。

うーん。正直、ここを訪れる人間はそこまで怖くないんだよな。いざとなれば迷宮魔法の「緊急避難《ラストレフュージ》」も「高速移動《ファストムーブ》」もあるし。そのためにダンジョンを拡張しまくって、逃げ場所は十以上用意してあるし。

でも他の迷宮主……俺よりもはるかに高いＭＰを持ってるヤツがいたら……。

逃げよう。

逃げるのがいちばんだ。

話し合いで解決できると考えるのは早計だ。まず逃げる。逃げてから考える。それがいちばんだ。

よし、カヨちゃん、「迷宮降伏《サレンダー》」について教えて。

《接した迷宮の迷宮主に降伏します。所有している迷宮を放棄することになり、すべての迷宮機能、迷宮魔法が使用できなくなり、迷宮主ではなくなります。一方的に宣言できるので、相手の許可を必要としません》

なるほど。

話し合いで解決しなかったら使えってことだ。

……ん？　あれ？

俺はめっちゃ大事なことに気がついた。

『迷宮主ではなくなります』

つまり、迷宮の外に出られるようになる……ってこと？

ちなみに「迷宮同盟《アライアンス》」の消費MPは5で、「迷宮降伏《サレンダー》」は10だった。低すぎんか？

＊ブランティス＊

がこんっ、と鈍い音がして銅製のマグがテーブルに置かれた。

「くう〜っ！　マジかよ、おい、こんな街の外で冷たいエールが飲めるなんて聞いてねえぞぉ」

口についた泡をぐいと拭ったのは四角い顔のいかつい男、ブランティスだった。

酒だけではない。テーブルには皿が三つ並んでいる。一つはここの名物になりつつある、特製スパイスを振りかけたポテト揚げ。細長いポテトをからりと揚げており、そこに、舌を刺すようなぴりっとするスパイスをふんだんにまぶしている。これがある限りは酒が無限に飲めそうなほど。

他の皿には燻製のジャーキー、それに葉物野菜の漬け物だった。どちらも塩分が強めで、汗をかく仕事をしているブランティスには最高のごちそうだ。

「隊長～、そんなにエンジョイしてていいんすか？」

若い部下が不安そうな顔をする。いつもおちゃらけている彼がこんなに不安そうな顔をするのは珍しい。

それもそうだろう。

ここはリューンフォート郊外――ダンジョンのレストランなのだから。

テラス席には多くのテーブルが並び、多くの冒険者と、商人たちがちらほらと、飯を食ったり酒を飲んだりしている。

夜には少々肌寒くなるものの、夕陽が沈もうというこの時間帯はまだ外で飲み食いしていても問題ない。

西の稜線《りょうせん》に沈みゆく太陽を眺めながら飲む酒は格別に美味い。

「酒だけじゃあねぇ、ポテト揚げに燻製肉も最高だ。ぴりっとした辛さがたまらんなあ」

「『黄金の風』商会の酒場でもこんな料理出してますよね」

「あそこ高いからな。俺らのような安月給じゃあ行けねえよ」

「隊長……金稼ぐために兵士になったんじゃないんすか……。そんなら冒険者でもやってたほうが稼げるでしょ」

「うっせー。年を取ると安全確実に金を稼ぎたくなるんだ」

「でもダンジョンにいますよね、俺ら」

「ダンジョンの外側な。任務は山賊探しだし」

ぐびっ、とブランティスはもう一度マグを呷《あお》った。

雇い主である貴族の命令で山賊のアジト探し——つまりは魔族の奴隷捜しにやってきたブランティスたちだったが、鎧なんぞ着て森を探索できるわけがないので、冒険者然とした旅の服装で街を出ていた。

「探索だって小隊たちががんばってんすよ？　ブランティス隊長はここで酒飲んでていいんすかねえ」

「誰かが報告を聞かなきゃならん。報告を聞くのは隊長と相場が決まってる。そんで、小隊が戻ってくるのにわかりやすい目印があるだろ——ここに」

くいっ、と親指でブランティスが指したのは、壁面に掘られた「ホークヒル」の文字だった。

夜でも光っているので、森を探索中の部下たちも迷わずに帰ってくることができる。

「いいのかなぁ……」

「なんだ、良心の呵責《かしゃく》があるならお前も森の探索に入っていいぞ？　ほら、エールの残りも寄越せ。俺が飲んでやろう」

「……隊長を監視する役目も必要っすからねえ」

「がはは！」

うそぶいて酒を飲む部下を見て、ブランティスは笑う。

「しっかし、ここがダンジョンだなんて考えられんな」

「そっすね～。この酒だって、冷やしてあるわけでしょ？　どっかに氷室《ひむろ》でもあるのかな」

「ふーむ……」

「……どしたんすか、隊長？　アホみたいに四角い顔して」

「おい、四角い顔は生まれつきだ。いや、な……運搬中の魔族奴隷を山賊が襲撃したのと、このダンジョンがオープンしたのと、時期が同じなんだよな」

「そうみたいっすね。でも無関係じゃないっすか？　奴隷は山賊が攫ったんでしょうし、その山賊をこのダンジョンのスケルトンが攻撃したんでしょ？　敵対してる」

「まあ、そうだな。大量のスケルトンが攻撃したらしいが……」

「ダンジョンが山賊を追い払うためにスケルトンを向かわせたりして」

「なんでだよ」

「さあ？　ダンジョンの考えることなんてわかんないっすよ。レストランに宿まであるんですよ」

「営業してるのは人間だろ」

「それはまぁ、そうですけどね」

「……ダンジョンの考えることなどわからん、か。真実だな――」

立ち上がったブランティスに、

「あれ、隊長？　お代わりっすか？　俺のぶんもお願いします！」

「あのな……。便所だ、便所」

「ああ、便所も完備してるんですよね、ここ。ヤバいっすね」

そんな部下の声を背中に聞いてブランティスはレストランの店舗内部へと入った。「トイレはこちら」なんていう看板まで出ているのでわかりやすい。

レストラン内も賑わっていて、料理を運ぶ店員もいれば、身なりの良い商人が高そうな肉を食っている姿も見える。

「確かに……わからんな、ダンジョンの考えることなんぞ」

使ってくれといわんばかりの施設があり、めざとい商人が利用して商売している。

ここがダンジョンの内部なのだと言われると気味の悪さを感じるが、パッと見は、床も壁面もきちんと整えられているのでふつうの店舗のようだ。

「おっと、すまん」

トイレに入る直前、どんっ、とぶつかった。

「別にいーよ。飲みすぎんなよ、オッサン」

「ああ――」

その人物を見た瞬間、ブランティスは立ち止まった。

大きなキャスケット帽をかぶっている若い女性だ。白のシャツに、光沢のあるズボン――ヒップラインが強調されている。

気になったのは肌の色だ。

……紫がかっていないか……？

そんな特徴を持ったヒト種族はいない。ドワーフやエルフに獣人も、違う。

「なあ、君！」

あわててブランティスは追いかける。女性は廊下の奥の部屋に入ってしまった。

……魔族では？

心臓の鼓動が早くなる。

運搬されていたのは魔族の子どものはずだ。こんな女性ではないはずだ。

だが、魔族なんてそんじょそこらにいるものではない。生まれてこの方、ブランティスだって見たことがないのだ。

魔族の子どもがこの近くで行方不明になり、魔族の女性がここに現れたというのなら……その二つに関わりがないと考えるほうが難しい。

女性が入った部屋のドアを開いた――。

「⁉」

そこは、十人程度で食事を楽しめる個室だった。

テーブルには食べ散らかしたような、ちょっと肉の残っている骨が散らかっていて、いくつかの皿はカラッポだった。

だが、それだけだ。

そこには誰もいなかったのだ。

「おっ、ブランティス隊長、遅かったっすね？　どうしました――」

「……お前、今から街へ戻れ」

ちゃっかり手に入れていたお代わりのエールのマグを口元に運ぼうとしていた部下は、ぎょっとした。

「な、なな、なにを言ってるんです⁉　あ、わかりましたよ！　俺がお代わりを飲んでるから腹立てたんですね⁉　隊長のぶんを頼んでないから！　しょうがないなあ、それじゃあ、今から隊長のも注文して……」

「違う」

どかっ、とイスに座ったブランティスが前のめりになった。その目が真剣であることに気づいた部下は、ただ事ではないことに気がつく。

「今すぐ街に戻れ。それで調べて欲しいことがある。いいか――」

＊迷宮主＊

俺は冒険者ギルドの地下に来ていた。リオネルは連れてきていない。アイツがいると逃げるときに迷宮魔法「高速移動《ファストムーブ》」が使えないからな。置いてきぼりにすることになるし。

置いてきぼりにして、まかり間違って冒険者に討伐されてもいいっちゃいいんだけどな。魔力でまた復活するし。ただその手間がかったるいだけであって、べ、別にリオネルを気遣ってるとかじゃないんだからねっ！

時刻は夜中の一時。

さすがに街も寝静まっている。

なぜ俺がここに来たのかと言えば——そりゃあ、決まってる。

「迷宮占領《オキュペーション》」の調査だ。

チャレンジ先が冒険者ギルドでいいのかという迷いはあるが他の家を探すのも面倒だし、まあ、いざとなればサクッと逃げりゃいいやとか思っているのは事実だ。

あと冒険者ギルドに興味津々なのだ。

「……よし、やるか」

占領戦だ。ＦＰＳでよくあるだろ。フラッグの下に一定時間いると占領できる。リスポーン地点になる。そのイメージだよな。まあ俺は召喚されたわけじゃないから、死んだらリスポーンできないけど。

「……死んだらリスポーンできない」

当然だよな。

「…………」

急に怖くなってきた。俺が占領しようとするタイミングで冒険者がダンジョンに雪崩れ込んできたら？　魔法を封じるようななにかがあったら？

いや、待て待て。不安は考えても仕方ない。どのみちリスクを取らないでリターンは得られないのだ。

「行くぞ」

ぼこっ、穴を空ける。

ぽかりと開いた空間は前回と同じ――いや、前回と違う。床板にブッ刺さったであろう刃物の跡があるとかそういうのじゃなく、

《9,287,779》

そんな数字が浮かんでいたのだ。

穴の開いた床下に、淡いピンク色の円形が浮かんでおり、その中央に刻まれていた。

「消費ＭＰだ……」

９００万。多いな。

俺の今のＭＰ残量は９６０万少々。念のためと思ってＭＰを温存しておいて正解だった。

占領にそんなに使うのか？

多すぎだろ。

多いけど……でも、できないことはない。

俺が冒険者ギルドを占領できるのだ。

すごくドキドキする。

喉がカラカラだ。

「やるぞ……」

いいのか？

「やるぞ」

いいとも！

「『迷宮占領《オキユベーシヨン》』」

俺の指先が光り、淡いピンク色の円と触れる。

そうして光はますます輝きを増していく――次第に、目を開けられなくなるほどに。

「――」

どれだけそうしていたか――たぶん、数秒だった。

俺は、目を開けた。

「お、おお……おお…………おおおおおお」

光が収まっている。俺は震えていた。

ああ、確かに占領した。この建物を。冒険者ギルドを。

「ダンジョンにつながった」という感覚がはっきりある。ただ、俺が手ずから掘ったダンジョンとは違う認識だ。俺のダンジョンがブルーで表示されているなら、占領した冒険者ギルドはイエロー、みたいな。

感覚的に「違うな」とわかるだけで、他は変わらない。「潜伏《サブマリン》」を使えば壁をすり抜けられるだろうし、「高速移動《ファストムーブ》」の移動対象にもなっている。

建物の構成がよくわかる。三階建てでさらに屋根裏がある。一階はカウンターやテーブル席のあるエリアで冒険者向けの「表の顔」だろう。二階は執務エリアだ。書棚が多く、いろんな資料があるようだ。三階はお偉いさんの部屋だ。応接室エリアもついている。

ふむ？　なんだ……二階には金庫があるな。金庫は金庫として認識するけど、中身がわからない。金庫の中身はダンジョンじゃないってこと？

屋根裏はネズミの巣窟だ。ガラクタがいくつも転がっているようだけど。

ん……地下もある？　地下道……か？　扉があって、その先はダンジョンとしては認識していない。扉で建物と外を区別しているのかもしれない。

「よし、そろそろか」

俺はじっくりと冒険者ギルド内を確認しつつ休憩し、ＭＰを溜めた。

「高速移動《ファストムーブ》」が使えるようになった俺は移動を開始した。ではでは、冒険者ギルドに入ってみましょうかね。

「潜伏《サブマリン》」でするりと床板を貫通し、一階へと上がる。

「………………」

真っ暗だけれど俺にははっきりと、なにがあるかは認識できている。ただし紙に印刷された文字とかはわからない。あくまでもダンジョンとなったのは建物のみで、建物内にある物質はダンジョンの一部じゃないしな。

「……静かだな。そりゃそうか」

俺は懐中電灯を造りだし、点灯する。魔法を応用したものだ。

一応、建物内には人が一人いるのはわかっている。離れたところの部屋だ。宿直だろうか。横たわって動かないところを見ると寝ているのかな？

「ふーん……」

俺は壁に貼られた依頼票に光を当てて書かれている文字を確認する。文字、読めるんだよな〜。このぼろきれ……もとい、フード付きローブは万能すぎんか？

火鏡《ひかがみ》「下水路に住み着いた巨大ネズミの駆除。西部方面馬車の護衛。おっ、幽霊屋敷の浄化？　草《そう》の納品。へー、面白いな」

俺はあれこれ見ていくが、固有名詞がまったくわからないので、雰囲気だけしか伝わってこない。でも、いいのだ。雰囲気が大事。だって異世界だぜ？　冒険者ギルドだぜ？　雰囲気がいちばんでしょ！

ま、まあ、真夜中だから美人のカウンター嬢もいないし、絡んでくる噛《か》ませ犬冒険者もいないし、いかついギルドマスターもいないけどな……。

「ん？　しかしなんか……『報酬割り増し』が多くないか？」

最初に書かれた報酬、たとえばネズミの駆除だと銀貨五枚なのだが、これを赤いインクで×にして、銀貨七枚になっているのである。

最初は低めに出して、だんだんつり上げるような手法が一般的なのかな。ま、いいか。

「では奥へ参ろうか」

宿直？　はまだ寝ている。気にしないでいこう。

どこに人間がいるのかがわかっているというのに、ドキドキする。幽霊とかいたら俺のダンジョンは反応しないのかな？　ヤバイ、考えたら怖くなってきた。考えるの止そう。

カウンターの向こう側に入っていくと、休憩室のようなものがあり、細々とした執務部屋が二つほどあった。宿直部屋は廊下の突き当たりだ。俺は手前の階段から二階へと上がる。

「おぉ……なんか、こう、オフィスだな」

広々とした部屋。机がずらりと並んでいて島ができている。窓際にはお誕生日席がある。なんか日本のオフィスを彷彿《ほうふつ》とさせるな。違うのは机に載っているのが何種類かの羽ペンだったり、魔力が宿っているらしいクリスタルであったりするところだけど。

床は木材なので、歩くとギィと音が鳴る。俺は本棚の並ぶ隣の部屋へと入る。

「ふうん……図鑑とか、地図とかか。資料部屋だな」

冒険者の名簿とかあるのかと思ったのに。

ひょっとしたらギルドは魔法を使って冒険者を管理しているのかな。でないと街から街に移ったときにその冒険者の個人情報というかランク情報が引き継がれないもんな。

「おっ、いいもん見っけ」

俺は世界地図と、この周辺の拡大地図を見つけた。めちゃ欲しかったヤツ！　だけどこれを盗み出したりはしない。なくなってたらバレるし。

それじゃ暗記するのかって？

無理無理！

こういうときは迷宮魔法「中級成形《リイス》」の出番である。これは目の前のものをコピーして精製することができるのだ。紙は精製することができないので金属板に書き写す。あとでじっくり眺めよう。俺、地図とか眺めるの好きなんだよな。どんな暮らしをしているのかとか想像したりして。

「さて……お次はメインディッシュだな」

俺はさらに隣の部屋へと移った。

鍵は掛かっていたがそこは「潜伏《サブマリン》」ですり抜ける。

小さな部屋ではある。車一台分のガレージ、くらいの大きさ。

その中央に鎮座ましましているのが――、

「金庫……だよな」

ヤバい。

めっちゃヤバい。

もうね、すんごい魔力なの。

俺の身長くらいの立方体なんだが、表面に魔法陣が浮かんでるワケ。

触ったら死ぬヤツ。絶対そうだわ。いや死なないかもしれんけど、触りたいとは思わない。

まあ、盗むつもりもないし引き上げようかな。なにが入ってるのかは気になるけど。

「ん、そうか。この金庫部屋に人が入ってきたら俺はわかるんだし、こっそり『高速移動《ファストムーブ》』でやってきて『潜伏《サブマリン》』でのぞけば、中身を見ることはできそうだな」

よしよし、そうしよう。

こ、これはのぞき趣味とかじゃないんだからね！　あたしの大切なダンジョンに変なものが置いていないか確認するためなんだからね！

「で、こっちが三階か」

俺、階段を見つけて三階に上がる。

「おお……街だ」

窓ガラス越しに街が見える。さすがに現代のガラスと同じレベルとはならないけど、不純物や気泡は少なめで、厚さもそこそこ均一の窓ガラスだ。

原材料さえあれば俺も作れるはず……でも、ぴっかぴかの透明のガラスを作っちゃったら騒ぎになりそうだよな。

ん？　いや、そうか、それをダンジョンの賞品にするという手はあるな。像っぽいものを作ったりして。

いいぞいいぞ。アイディアが湧き出てくる。

二階は雨戸が閉じられていたから街の様子は見えなかったが、ここ三階は廊下の窓が街のほうを向いていて、そこから月明かりが差し込んでいた。

ほとんどの家の明かりは消えている。それでも街は明るい。魔法技術が発達しているからだろう、ランプの明かりが――魔力を伴う明かりが、主要な街路を照らし出している。巡回中らしい衛兵の持つランプが揺れている。ぽつりぽつりと見える明かりは、深夜までやっている居酒屋なのか、あるいは夜のお店なのか。

「俺は街に来たんだな……」

ようやく実感が湧いてきた。

屋台で食い物を買ってぶらぶらとかはできないし、馬車に乗って移動もできないけど、ここは街だし、俺は街に来た。

……異世界なんて来てしまって、どうしようかと思うことばっかりだったけど、俺、なんとか生きてる。なんとか、やっていけるかもしれない。


三階の探索はすぐに終わった。アレだ。部屋自体にとんでもない魔法がかけられていて入れないんだ。金庫のヤツほどじゃないけど、今の俺に魔法を解除する手段はない。っつうかどうやっていいかさっぱりだし、そもそも冒険者ギルドのお偉いさんに興味が全然ない。どうせ頬に傷のある元Sランク冒険者だったギルドマスターなんでしょう？

さらに上の屋根裏ではネズミが夜の大運動会を繰り広げているくらいだ。

あっけなく終わったな、不法侵入――じゃなかった、新しく手に入れたダンジョン探索。

同じ「迷宮占領《オキュペーション》」でも、相手が迷宮主のいるダンジョンではまた違ったことになるんだろうか？たとえば他の迷宮主が俺のダンジョンにぶつかったときに、占領しようとしたら俺にも報《しら》せが来るのかな？　わからん。とりあえず冒険者ギルドは俺のダンジョンの一部になったけど、外見は変わらないから、誰もここがダンジョンになったとは気づかないんじゃないかな。

「宿直の顔くらい見ていこうかな。我がダンジョンの宿直をな。くっくっく……」

悪役っぽく笑ったけどなかなかうまくいかん。

ていうか宿直のヤツ、まだ寝てる。俺も気をつけて静かに歩いたけど、侵入者に気づかなさすぎでは？　宿直の意味あるの？　あるいは宿直じゃないのかな。

一階に降りていく。「宿直部屋」ってプレートが出てたからやっぱり宿直で間違いない。部屋の前で様子をうかがう。うん、動く気配ないな。

おじゃましまーす。

ドアを開けると音が鳴るので「潜伏《サブマリン》」を使って入り込む。

ほう。こざっぱりした……いや、はっきり言おう。なんもねーなこの部屋。

小さなテーブルとイス。ベッドだけ。

ベッドにはこちらに背を向けて寝ている人物が一人。すーすー寝息が聞こえ――ん？

「んぅ……」

「⁉」

うおっ、びびった。寝返り打っただけかよ。あやうく「高速移動《ファストムーブ》」しちゃうところだった。え、臆病すぎ？　臆病は美徳なんだぞ。こんな異世界で生きていくには。

「…………？」

ってか、この宿直……って、冒険者みたいなゴリマッチョかと思ってたんだが。一応、賊が入ってきたりするのを防ぐための。

でも違った。

たぶん、ここの職員だ。

枕元には丸メガネ。長く豊かな栗色《くりいろ》の髪が広がっている。目元にはそばかす。肌は白くて、つんとした鼻がかわいらしい。

年齢は十八歳から二十歳くらいだろうか。

うん。

女だ。

寝ていてもわかる——胸の膨らみが、驚きのサイズ。オトナになったミリアよりすごE。おっと、カップなんて私にはわからないからな、一目見ただけでそんなそんな。

ひょっとしたら魔法とか使えるのかもしれないけど、パッと見は非力な女性だ。そんな女性が無防備な寝顔をさらして寝ている。っていうか……大丈夫なのか？　確かに金庫とか三階の部屋はがちがちに防御されている感じがあったけど、一階はふつうのカギが掛かってるだけっぽいんだが。冒険者ギルドだろ。なんか盗みに入ろうとか思うヤツがいたりするかもしれないだろ。そういう悪いヤツが——こんな女の子を見つけちゃったら、そりゃ、乱暴しちゃうんじゃないのか……。

ごくり。

なにかと思ったら俺がつばを呑《の》んだ音だった。

え？　いやいや、なに考えてるんだ俺。確かに童貞だし、当面の目標は脱チェリーであることは間違いないけど、さすがに人としての道を踏み外してはならない。

「ッ！」

そのとき──だ。

俺は、この冒険者ギルドに入ってくる何者かを感知した。

そいつが酔っ払っていることはすぐにわかった。裏口から入ってきたかと思うと、たたらを踏んで壁にへばりついたもんな。三十歳くらいの男。ちょっと脂ぎっていて、頭髪が寂しい感じになっている。

ギィ、ギィ、と俺の足音の十倍くらい音を立てて進んでいく。向かった先は──宿直室だ。

「……誰ですか」

声を発したのは宿直女史である。

彼女は枕元の魔導ランプを点灯した。すでにメガネを掛けている。

落ち着く感じのかわいい声だった。

え、俺？　俺は迷宮魔法「潜伏《サブマリン》」で壁に半分身体を突っ込んで、残り半分は隣の部屋に出ている状態で息を潜めているよ。いや、完全に隣室に移ってもいいんだけど、自分の目で見ておきたさはあるじゃないか。壁から人間の顔が出てきたら軽いホラーっていうかジャパニーズホラーっていうかいわくつき物件になってしまうことは間違いないので、バレないようにひっそりと見るつもり。

「お、俺だよ……ロージーちゃん。っぷ」

げっぷ混じりに言うなよ。

呼ばれた彼女――ロージーちゃんは男が誰かわかって、少しだけ警戒を解く。

「……驚いた。レゲットさんじゃないですか。どうしたんですか――こんな遅くに」

「ちょっと、部の連中と飲んでいたらこんな時間になってしまってね」

ちょっと飲むだけで夜中の二時とか、異世界の飲ミュニケーションやばくね？　パワハラ・アルハラ上等なの？

「そんなに飲んで大丈夫ですか？　明日も仕事でしょう」

「ロージーちゃん、心配してくれるの？　優しいなあ」

うぇへへへと笑いながら背中を壁にくっつけたレゲット氏はずるずるとその場に座り込む。アレだ。海外ドラマとかで銃で腹部を撃たれた刑事が反撃で相手を撃ち殺すんだけど、自分も重傷だもんで壁に身体をもたせながらずるずる座り込むような感じ。わかりにくい？　俺もそう思う。

「このベッドで休んでください。私は二階で予備の布団を出しますから」

「いや、いやいや、悪いよ。全然、酔ってないから」

「酔ってない人には見えませんよ」

はあ、とため息をつきながら立ち上がるロージー。パジャマ姿だ。薄手のネグリジェに、上着を羽織っているだけの。下着をつけていないからだろう、胸がゆっさりと揺れた。ゆっさゆっさじゃない。ゆっさり、である。

ごくり、とつばを呑んだ――レゲットが。

「平気だって、ほんと。むしろロージーちゃんが心配で見に来たんだよ」

「私をですか？」

「毎日遅い時間まで調べ物しているだろう。この宿直室なんて今や誰も使ってないのに、泊まり込みの部屋に改造して」

「ええ……まあ。でも、この件はしっかりさせないと、気味が悪いので」

「……『ギルドの危機』、だっけ」

「はい。レゲットさんは笑うのでしょうけれど」

「わ、笑わない。笑わないって！　むしろ感心してるんだよ、ロージーちゃんの視点が……斬新で。なんだっけ、あの――」

「ホークヒルですか？」

ん⁉

いきなり呼ばれてビビった。

「そうそう、あの新しいダンジョン。ホークヒルね」

「あのダンジョンが……『街を侵略している』、だっけ」

ふぁ⁉

バレてる⁉　もう俺が街の地下から建物を占領しようとしていることがバレてる⁉　誰だ。どこからバレた。やはりリオネルか。やっぱりな！　あの白骨、絶対口が軽いと思ってたんだよ‼

「……そんな、センセーショナルな言い方をしてしまったせいで、ギルマスからは疎んじられていますけどね」

「そりゃあ……この街の平和の一翼を担っているこのギルドを、貶《おとし》めるような言い方だから」

「そういう意味ではないのです！」

「わ、わかってるよ、お、俺に言わないでよ……」

ゆっさり、と近づいてロージーが強調するので、思わずごくりとつばを呑んでしまう。俺が。レゲットは両足で股間を挟み込んで、状態変化「興奮」になっているのをバレるまいと切ない努力をしている。

ダメだよロージー。君の胸は凶器なんだ。歩く凶器なんだ！

「ホークヒルは危険なんです！　それを証明するためのデータを集めていて……ようやく説得力のある内容になりそうなんですよ！」

ゆっさり、ゆっさり。近い。近すぎる。

レゲット氏の視線がその胸元に吸いついて離れない。

ホークヒルの危険度について俺もすごく気になっていたが、それ以上にゆっさりと揺れるたわわに実りし神の果実が俺も気になって仕方がない。これはもうどうしようもない。ライブで見てしまうとヤバイ。壁から俺の顔が半分出てしまうくらいヤバイ。血走った目の顔が壁面から浮かび上がっている状態とかどう考えてもヤバイ。

「ギ、ギルマスは、君を不快がっている」

「……そうかもしれません。それでも、思っていることを言わなければ、調査部の職員として仕事を続ける意味がありません」

「最悪、君はクビだぞ」

「……はい」

ぎゅっ、と自分を抱きしめるようにするロージー。……あかん、あかんて、そのポーズは、神の果実が搾り出されるみたいになってるて！

ふんす、ふんす、とレゲットの鼻息が荒くなる。あかんて！

「そ、そ、それじゃあ困るんだよ」

「はい——ギルドが危機のままでは困りますよね」

「そうじゃなくて、君がいなくなると、俺が……」

「そうだ、レゲットさん！」

「!?」

壁際、座っているレゲットの肩をつかんだロージー。

レゲットは体育座りのような格好だったんだ。

そこに――ロージーが前屈《まえかが》みに入っていったワケ。

そうなるとな……当たるんだ。ボクサーがジャブの練習する、上からぶら下がっている小さいサンドバッグみたいなヤツな、アレのようにゆっさりと揺れて――レゲットの膝にぴたんと当たったんだ。

「～～～～～～～～」

レゲットの視線は完全に谷間に吸い寄せられている。

「レゲットさん、私がもしクビになってもデータを引き継いでくださいませんか⁉」

「あ、う、あ」

「そうすれば、多少でも私が調べたことが残って行くのなら……それで私はあきらめます」

「う～～～～～」

彼女が力説するたびに、ぴたん、ぴたん、とレゲットの膝に当たる水風船。

これは……アレだ。思っちゃうよな。レゲットも。「誘われてる」って。

「ロージー……ちゃん」

「はい」

「うおおおおおおお‼」

「きゃああ⁉」

やった。やっちまった。レゲットが飛び上がってロージーを押し倒した。

「お、お、俺！　俺も前からロージーちゃんのことがっ……！」

「なっ、なにを……レゲットさん、どうしたんですか！」

「すすす好きなんだ！　ロージーちゃんも俺が好きなんだよな⁉」

「はぁっ⁉」

ロージーがいやいやして逃げようとするが、レゲットはかなり体重がある。彼女のメガネは倒れた衝撃ですっぽ抜けている。

「ギルドの中っていうのも燃えるよね！　待ってね、今から一つになろう！」

「ちょ、ちょちょ、ちょっと、レゲットさん！」

「はい！」

「きゃあああああああ‼」

下を脱ぎ捨てたレゲットの――これはひどい。レゲットJrがぽろんしたのだ。見たくなかった。

視界にモザイクが自動でかかる仕組みでもあればいいのに。

そうしてレゲットが最後の一線を越えるべくロージーに襲いかかる――直前。

「あの、嫌がってる相手に無理矢理っていうのはよくないですよ」

「……え⁉」

俺がレゲットの背中に手を置いた。

あ、うん、冷静に見つめてただけじゃないんだよ。俺なりにどうしたらいいか考えてたんだよ。女性が襲われるのを眺めて興奮できるほど落ちぶれてはない。

で、レゲットが俺を見るよりも前に、俺は手にしていた青色の珠《たま》を彼にくっつけた。「転移」と書かれた青色の珠は初級第二ダンジョンではおなじみのアレだ。

いやさ。金属の棒で殴ったりしたらヘタすると死ぬよな？　血も出るし。だから、転移。

転移先はこの建物の上——屋根の上だ。

隣の建物からも離れているし、ベランダもない建物だ。降りるに降りられない場所であることは、構造を知り尽くした俺にはわかっている。ちなみに言うとレゲットは下も脱いでいるからかなり情けない状況だ。朝になったら誰かに下ろしてもらえ。

「あ……あれ？　あ、あなたは誰——」

ロージーが、落ちたメガネを探しているうちに、俺は魔導ランプの明かりを消した。目は悪そうだから見られてない——と思う。

俺は、わざとドアから部屋を出て、裏口へと向かい、ドアを開けた。そのまま迷宮魔法「潜伏《サブマリン》」で隣接している部屋に移る。しばらく後に、魔導ランプを追ったロージーが追ってくる。

「いない……」

ぶるっ、と身体を震わせたロージーは、それから服を普段着に着替えると短剣を腰に差して見回りの衛兵を探しに外へと出た。

「危ないなあ……」

そんなふうにつぶやいた俺は、「高速移動《ファストムーブ》」で迷宮司令室に戻ったのだった。

明日、どうなっているか見届けようと心に誓って。

「あれ？　ボス、どこに行ってたんです？」

白骨が話しかけてきた。

「なあ、リオネル。お前、このダンジョンの秘密漏らしたか？」

「はあ？　私が誰と話をするっていうんです？　って……ボス！　なんか臭いですよ！　うっわー、臭うボス！」

うっさい白骨。

仕方ないだろ、裏口の隣の部屋はトイレだったんだから。


翌日、ついつい寝過ごした俺だけども、昼すぎに起きるとギルドの床下に移動した。どうなったか非常に興味があったので、ルーカスの店でサンドイッチを作ってもらい、それをかじりながら高見の……低見の見物である。

「ねぇねぇ聞いた？」

「聞いた聞いた！」

ギルド職員の控え室らしき場所。女子職員の声が聞こえてくる。

俺が吹っ飛ばしたレゲットとかいう男がどうなったかについてだろう。どうなった？　どうなった？

「ヤバいよね～」

「うんうん、ヤバいヤバい！」

そんなにヤバかったのか。下半身を露出した男がギルドの屋根の上に現れたらやっぱヤバいよな。

「ほんとにヤバいよね～……貴族って！」

そうそう、ヤバいのは貴族――。

……ん？　貴族？

「かなりの圧力が掛かったみたいよ、ギルドマスターに。星級冒険者だったギルドマスターがあんなに青い顔してたの、あたし初めて見たもん」

ほら、やっぱりギルドマスターは元Sランク冒険者……じゃなくて、星級冒険者！　じゃなくて、それはどうでもいいんだ。

ん？　貴族がどうしたって？

「朝からお局《つぼね》様たちが総動員で資料漁《あさ》ってたもんねえ。っていうか、貴族が欲しい情報ってなんだったの？」

「さあ？　ダンジョンがどうとかって言ってたけど、極秘みたいよ。どこの貴族が欲しがってる情報かもバレちゃいけないからって」

「へえ～。それ知ったらお局様たちの弱みになる？」

「なんないって～。むしろアンタの首が飛ぶかもしんないわよ？　物理的に、すぽーんって」

「きゃはは！　こわーい」

んんん？　なんか俺の思ってた展開と違うな。

レゲットの話で盛り上がってるのかと思ったら、もっと別の大事があったようだ。あるいは冒険者ギルドでは下半身を露出した男が屋根の上に現れることくらい日常茶飯事なんだろうか？

「でもさ、ロージーも呼ばれてなかった？」

「うんうん。呼ばれてたね。なんで？」

お、ついにレゲットの話か？

「それがさぁ……ロージーが呼ばれてんのもダンジョン絡みらしいのよ」

「え？」

え？

「ロージーって調査部でしょ？　まあ、確かにダンジョン調査してるか」

「そうみたい。ギルドマスターが名指しで呼び出してたからね」

おい。おいおい。

昨晩はレゲットが乱入してきたせいでうやむやになっちゃったけど、ロージーが調査していたのって確か……。

「ホークヒルだっけ？　あの子が調べてたの。ほら、街の東にできたっていう新ダンジョン」

そうだ。

ロージーが調べてたのはホークヒル。

いや……なにがどうなってる？

貴族がなんかギルドマスターに圧力を掛けて情報を搾り取ろうとしている。ロージーはその一環で呼ばれた。そのせいでレゲットのことなんて誰も思い出さないほど。で、ロージーが調べていたのはホークヒル。

「ん？　それじゃあ、貴族が知りたいのって……ホークヒルってこと？」

女子がそう言うと、「まさか」とか「あそこって銀がもらえるとかウワサだよね」とか「絶対ウソだって、そんな美味しい話ないでしょ」とかそういう言葉が飛び交ったのだが、俺はただ一人気が気じゃなかった。

だって、俺は感じ取っていたからだ。

異変を。

俺のダンジョン、ホークヒルに——五十人以上の人間が一度に侵入してきたのを。

第四章

迷宮主 vs 貴族の私兵団

＊ブランティス＊

のどかな郊外という雰囲気のホークヒル近辺なのだが、今日ばかりはぴりりとした緊迫感があった。

「全員そろっているか」

金属鎧で完全武装したブランティスが言うと、

「ハッ！」

五十人からなる武装兵たちは一斉に敬礼した。

いくら貴族の私兵団とは言え、さらにはブランティスが冒険者上がりの男だとは言え、彼らは正規兵として動くこともある集団だ。ましてブランティスは腕っ節一本でこの地位にまで上り詰めた男で、部下の兵士全員と戦って、全員を打ち倒している。ブランティスの発言は重いし、彼の命令ならば動くという強者ぞろいだ。

いつもはへらへらしている側近も、今日ばかりは緊張した顔でブランティスの横に控えている。

「俺たちが追っている魔族の奴隷は、この近辺で行方不明になった。襲撃した山賊を追うことにしたが、良い結果は得られなかった」

兵士たちがうなずいた。小隊に分かれて何日か森を捜索したものの、魔族の奴隷は見つからなかったのだ。

ちなみに山賊のアジトも見つかっていない。山の中腹にアジトがあるという情報もガセだったようだ。

「そこで俺は発想を変えた。山賊は奴隷を連れ去っていない。なぜなら山賊を襲ったのはこのダンジョンのスケルトンだからだ。つまり……奴隷を連れ去ったのはこのダンジョンではないかと考えた」

ふむふむ、とうなずく兵士も多い。

「――あの、隊長、質問いいですか」

兵士の一人がおずおずと手を挙げた。

「なんだ。言ってみろ」

「はい。このダンジョンって、俺、一度潜ったことあるんですけど、銀貨を払ってなかに入るシステムなんですよ。スケルトンなんてどこにもいませんぜ」

幾人かの兵士も「そうそう」なんて言っているあたり、意外とホークヒルを利用している者はいるらしい。

「ああ、そうだ。だがそれはあのバカらしい看板が垂れ下がっている入口だけの話だろう？」

くいっ、とブランティスが親指で指したのは「ホークヒル」と壁面に掘られた文字だった。「バカらしい看板」という言葉を迷宮主が聞いたらきっと泣くことだろう。

「俺が注目したのは、魔族の奴隷の護送車が襲われた地点だ。つまり、俺たちが山賊追跡を始めた場所であり、ここからさらに東の地点だ。俺たちは森林を捜したが、崖は手つかずだ……そうだろう？」

「い、いや、でも崖なんて……」

「そこからスケルトンが出てきたとしたら？」

「えっ⁉」

驚く兵士に、ブランティスは巻紙を出して見せる。

「これは冒険者ギルドに吐き出させた情報だ。山賊の供述内容が記されている——リューンフォート領主の前に冒険者ギルドに突き出されたおかげで、情報が秘匿されずに済んだというわけだ」

領主の兵士が押さえていれば、他の貴族が山賊の情報にアクセスすることはできないが、一度冒険者ギルドを間に挟んだおかげでギルドが調査した内容をブランティスは手に入れられたのだ。

「山賊ははっきりと言っている。崖に穴が空き、そこからスケルトンが飛び出してきたと。そして崖の上方にも監視窓のようなものがあった、と……つまり、ホークヒル以外にもダンジョンの入口があるのだ。俺の推測では魔族の奴隷はそこにいる」

おおっ、と兵士たちにどよめきが走る。

ブランティスは別の情報も入手していた――「スケルトンはよく訓練されており、まるで軍隊のようだった」と。だが軍隊のようなスケルトンなんて聞いたこともないし、訓練ならばこちらのほうがされているという自負もあり、余計な心配をさせる必要もないので黙っていた。

「もちろんすでに魔族の奴隷は死んでいるかもしれないが、その痕跡を発見する必要がある。……前置きが長くなったな。行くぞ！」

「オウッ！」

五十人の兵士たちは、これまでなんの手応えもなかった森の探索ではなく、明らかに手がかりがありそうな目標を耳にしてやる気を出した。

ブランティスは、元はと言えば酒を飲んでトイレにいくタイミングで魔族の女性を見つけ、この結論に至ったのだがそれは言う必要はなかろうと思っている。大急ぎでリューンフォートに戻り、早朝から冒険者ギルドに圧力を掛けまくって情報を吐き出させた部下も部下で、このミッションが終わったらエールをおごってもらう約束を取り付けているのでほくほく顔だ。

「隊長、そろそろ目的地に到着します」

「おう」

ブランティスたちは街道沿いの、そそり立つ崖の前へとやってきた。

この崖を見れば、「魔族の奴隷、しかも子どもが登れるわけはないよな」と思ってしまうので、その背後にある森を探索していたわけだ。

だが、ここからスケルトンが出てきたことは間違いない事実だ。

そして崖のどこを見ても穴なんて空いていないのもまた現実だ。

「調べろ！」

兵士たちは散らばって崖を調べ始める。そうすると、不審な場所が出てきた。

動かされたらしい大岩。

地質の違う壁面。

「掘れそうか？」

「ま、やってみましょうや」

ブランティスが問いかけたのは、五人の兵士だった。彼らの装備がちょっと違うのは、持っているのが剣ではなく杖だということだった。

魔力を練って放たれた魔法は爆破のような効果をもたらした。大岩にヒビが入り、地質の違う壁面にはぽっかり穴が空いた。

それを見て兵士たちが歓声を上げる。

「隊長！　ダンジョンですぜ！」

「そのようだな。大岩を崩すのは時間が掛かりそうだからそっちから行くか」

地質の違った場所には今や、数人が並んで入れそうな穴が空いている。

「明かりを準備しろ！　なにがあるかわからんぞ、抜剣！」

ブランティスが先頭に立ち、剣を抜くと、部下たちも一斉に剣を抜いた。十人が魔導ランプに明かりを灯《とも》した。

ブランティスの横では側近が明かりを掲げている。

「いつでも行けます」

「よし……行くぞ‼」

ブランティスは部下たちとともに、大穴から足を踏み入れたのだった。

「！」

真っ暗な空間に入った瞬間、ブランティスは感じた。ここはダンジョンだ。まず、空気が違う。外界とは明らかに隔絶された空気。

さらには地面だ。足元は岩盤を切り取ったような地面になっていて、低い天井もまた同様だ。だだっ広い空間だけがそこにはある。内装工事をする前のダンジョン、あるいはダンジョンの舞台裏のようなものかもしれない。

「……見たことがないダンジョンだな」

「ま、ダンジョンなんて多種多様なもんですから」

軽く言う部下だが、声には緊張が漂っている。

「――隊長！　奥に通じる道があります！」

空間の先には通路があって、そこからは階段になっているようだった。

「よし、行くぞ。いつスケルトンが出てくるかわからんから、油断はするなよ。すでに連中は壁を壊して突撃するという作戦を使っているからな、同じ手を繰り出してくるかもしれん」

「ハッ‼」

兵士たちが返事をした。

それからブランティスは先頭に立って階段を降りていく。降りて、降りて、降りていく。不安になるほど長い階段だった。これだけ下ってもなんの温度変化も、空気の変化もないのはやはりダンジョンの特徴だった。

――ここに魔族の奴隷がいるというのは、さすがに無理筋か？

――それ以前になんなんだこの階段は？

――帰りがダルいな。

――上から大岩でも転がされたら、どうなるんだ？

不安が押し寄せてくるが、隊長が不安な顔を見せるわけにはいかない。

暑くも寒くもないダンジョン内だったが、じっとりとブランティスは汗をかいていた。

やがて階段は終わった。なんの前触れもなく唐突に。この先には短い通路があってすぐに突き当たりの壁があって「ハズレ」とでも書いてあって——書いてあればどれほど気が楽だったことか。

だがブランティスの思惑は外れた。

そこにあったのは広大な空間だ。誰が、なんのために作ったのかわからないようなただただだだっ広い空間。風はなく、一定の気温の乾いた空気だけがそこには詰まっている。

「ブランティス隊長、ここは……」

「シッ」

側近が話し出そうとするのをブランティスは止めた。

「いるぜ……」

ブランティスが見つめていたのは空間のずっと先だ。

ぽつりと、明かりがあった。

そこだけ床が発光しているのだ。

淡い光に包まれて立っていた——一人の、影。

影と言うしかない。そいつは黒いローブにくるまっていて、顔すら見えないほどに深くフードをかぶっていたからだ。

『……ようこそ、我がダンジョンへ。か弱き者どもよ』

声が響いた。

直後、ずんっ、という震動が響いた。

「隊長ッ！　後ろの階段が塞がれました！」

最後尾の兵士が叫ぶ。

振り返ると、階段があったそこには巨岩があった。

「……チッ。閉じ込められたってわけか」

だがブランティスは油断しない。油断せず、離れた場所にいる黒い影を見据えている。

さっきからイヤな汗がだらだらと噴き出してくる。

「お前は何者だ！　スケルトンを操る迷宮主か⁉　俺たちはリューンフォート正規兵だ！　スケルトンなぞ何体いたところで蹴散らしてくれる‼」

ブランティスが声を上げると、

——カチャ。

と、硬質な音が鳴り、

——カチャ——。

その硬質な音が周囲でこだまする。やがて音はまとまっていき大音量となって響き渡る。

ブランティスは知っている。これは歯の鳴る音だ。

とてつもない数の歯が鳴っている。

このダンジョンで歯が鳴ると言えば――スケルトンだ、とすぐに思い当たった。

ブランティスは己の認識が間違っていることに気がついた。「スケルトンなぞ何体いたところで」と言ったが、これは「何体」どころの騒ぎではない。数百？　あるいは、千以上？

スケルトンは単体ではたいして強くない。だがまとまられると厄介だ。スケルトンは疲れ知らずで、痛み知らずで、恐怖まで知らないのだ。さらに、だ。ブランティスは思い出した――山賊たちの情報だ。「スケルトンはよく訓練されており、まるで軍隊のようだった」……これは事実だったのでは？　これほど大量のスケルトンを用意しているのならば――。

歴戦の猛者《もさ》である兵士たちが怯《おび》えた顔をしている。

ここで隊長の自分までビビッたら完全に負けだ……。

「――惑わされるな‼」

ブランティスは大声を上げる。

「俺たちが耳にしているのはただの音だ！　現実に敵がいるわけじゃねえだろッ‼　しゃっきりしねえか！」

「‼」

その言葉で兵士たちの目に勇気が戻る。

「それに迷宮主は、あそこにいやがる。アイツを倒せば俺らの勝ちだ‼　スケルトンが何体襲ってきても薙《な》ぎ倒せ‼　行くぞオラァアアアアア‼」

「おおおおおおおッ‼」

ブランティスを先頭に兵士たちが雪崩《なだれ》を打って駈《か》けだした。

彼らが一直線に目指すのは、ぼんやりと明るい場所に立っている黒いフードの影——迷宮主だ。

＊ミリア＊

やっちまった、とミリアは思った。

彼女の休憩室（だらだらするスペース）の一つであるダンジョン総司令室——ようはでっかいモニターがあってダンジョンの情報が一望できる場所——で、ルーカスの出店で買ってきたフライドポテトを食べていたときだ。

ミリアとしては自分をずっと子ども扱いしてくる迷宮主《ユウ》に対して「なんだアイツ」「っざけんじゃねーよ」とふてくされていたのだけれど——それこそが「子ども扱い」される原因だとは気

づかずに――そんなときにスケルトンたちがいきなり動き出したのだ。

ふだんならばイスに座ってなにかの装置をカチャカチャ動かしているだけの彼らが立ち上がり、走り出したのだ。ミリアがハッとして巨大モニターを見ると一か所が真っ赤に染まっている。

表示されている文字は、「想定外の侵入者」というもの。

「ふうむ、どうやら壁を破られたようですねぇ。出入りを考えて壁面を強化していなかったのが仇《あだ》になりましたか……」

「リオネル！　これ、なにが起きたんだよ!?」

「見てください。あの赤いところ。『想定外の侵入者』です」

「いや、それはわかってるっつーの」

「…………」

「いや、なにびっくりしてんだよ。こちとら文字くらい読めるっつーの」

「……失礼。あの部屋は、ミリア殿を救うために我々が突入したときに空けた場所です」

「え……!?」

「そこに侵入者があったということでしょう」

「え、え、だ、大丈夫なのか？」

「全然大丈夫ではないですな。あの壁を破られる想定はなかったので、時間さえ掛ければここにだって至ることができます」

「やっべーじゃん⁉　いったい誰が来たんだよ⁉」

「ちょっと見てみましょうか」

リオネルはモニターの下にあるいくつもの箱のうち、一つをのぞきこんだ。

その、海中を見るときに使うタコメガネのようなものは、光を屈折させて各部屋をのぞき見ることができるものだった。監視カメラのように高精細ではないが、それでも状況はわかる。伝声管もあるので音も聞こえる。

「むむ？　どうやら兵士のようですね」

「オ、オイラにも見せてくれ！」

ミリアがリオネルをどかしてのぞき込むと、そこには――確かに数十人の武装兵が映っていた。

その先頭にいる男にミリアは見覚えがあった。特徴的な四角い顔をしている。

『……よし、行くぞ。いつスケルトンが出てくるかわからんから、油断はするなよ。すでに連中は壁を壊して突撃するという作戦を使っているからな、同じ手を繰り出してくるかもしれん……』

声を聞いて、確信した。

「こいつ……レストランにいた男だ」

「む？」

「オイラがトイレから出てきたときにぶつかったんだけど……」

「ふむ？　そのときミリア殿はその格好でしたか？」

「え？　いつもどおりだけど」

「つまり魔族だと知られたわけですな。正規兵に」

「――あ」

ミリアは血の気が引いた。

ユウからも聞かれないので話していなかったが、自分を奴隷として買おうとしていたのが貴族だとは知っていた。そして貴族は武装兵を手駒として扱うことができる。

自分を狙っているヤツらの前に、自分がのこのこと出て行ってしまったことになる。

「オ、オイラ、知らなかったんだ……アイツが兵士だったなんて……」

ぽつりと言った言葉は誰も聞いていなかった。

「おや、ボス」

「！」

転移魔法トラップのところからユウが現れた。

「この緊急事態だというのに、遅かったですね」

「うるせー、リオネル。魔力がどれくらい必要になるかわからんかったから『高速移動《ファストムーブ》』は節約してきたんだよ。あとちょっと細工もしてきた」

「細工」

「あの兵士たちの入っていく階段をめっちゃ伸ばして地下のバカデカ空間につなげた。これで少しは時間が稼げるだろ」

「ああ、あの、ボスが前に造ってたわけのわからないほど大きな空間。そんなことより、そのまま外に出したほうがよかったんじゃないですか？」

「バカ。そんなことしたら日を改めてもっと調べられちゃうだろ。ここでケリをつけなきゃいけねーんだよ」

「なるほど……」

「――ユウ！」

ミリアは叫んだ。

「ご、ごめ、ごめん、あ、あの、オイラが、あの男が兵士だってわかんなくて、それで……」

「落ち着けよ。なに言ってんだかわからん。リオネル、通訳しろ」

「あの正規兵をミリア殿が呼び寄せたということのようで」

はっきり言えばそれで正しいのだが、はっきり言われすぎてリオネルにイラつくミリアである。

ふだんユウがリオネルを邪険に扱う理由が少しわかった。

「なに、お前裏切ったの？」

「ちげーよ!? ただ、オイラがこのダンジョンにいるってバレて……」

「あーはいはい。なるほどね。そういうことか」

ユウは納得しているが、ミリアはなぜユウが納得しているのかがわからない。単にユウとしては、貴族が冒険者ギルドに情報を出させた理由が不明だったのだが、それが魔族発見のため——つまり魔族の奴隷移送に関わるものだと理解したのだとわかった。

冒険者ギルドはまだあたふたと情報を集めているが、すでにそこそこの情報を渡しており、兵士たちは十分だと判断して突入してきたに違いない。

「ご、ごめんよ……オイラの不注意で……」

ユウの淡泊な反応にミリアは泣きたくなる。

嫌われたと思った。迷惑を掛けたのは間違いない。もともとめちゃくちゃ好かれているわけでもないし、彼の甘さにつけ込んでここに滞在し続けていることは自覚している。でも、ミリアだってどうしていいかわからないのだ。どこにも行くアテなんてない。今ここでユウに見捨てられたら——感情がぐちゃぐちゃになってなにをどう言ったら、謝ったら、許してもらえるのか、わからない。

「——ミリア」

気づけばユウがすぐ目の前に立っていた。

びくりとして彼の顔を見上げると——彼は、笑っていた。

「どうせポテト食いに行って見られたとかそんなんだろ？　お前らしいっちゃらしいよな」

「なっ⁉　ち、違っ」

ユウが少しだけ身をかがめて、ミリアと目線を合わせた。

すぐそこに、ユウの顔があってさらにどきりとした。

「……心配するな。これはもうこのダンジョンの問題だ。連中は追い返すし、お前は守る」

「守る……？　守ってくれるの？」

「当然だ。迷宮主の名にかけて」

その瞬間――ミリアの、ぐちゃぐちゃだった感情がさらに強い感情によって押し流された。

身体がカッと熱くなって、心がとろけそうになる。

「行くぞ、リオネル」

「承知。……って、どこへ？」

「わからずに『承知』とか言うんじゃねーよ。いいからお前はスケルトンどもを召集しろ。一人残らず全員だ」

すでに離れていったユウを目で追ってしまう。ミリアの胸がドキドキしている。こんな感情になったのは生まれて初めてだった。

この人になら任せられるのかもしれない。信じていいのかもしれない。

「ボス、全員集めてどうするんです？」

リオネルは疑問を持っているようだが、すでにミリアは疑問など持っていなかった。

ユウなら、なんとかしてくれる。

この常識外れの迷宮主は、自分になど思いも寄らない方法でこのピンチを乗り越えてしまうのだ。

「我に策あり、だ」

ミリアはもう、ユウから目が離せなかった。

＊ブランティス＊

兵士たちとともに走り出したブランティスは、迷宮主らしき黒い影がぴくりとも動かないことに気がついた。

すでに後方では魔法を使える兵士たちが呪文の詠唱を終えており、

「『礫の矢《ストーンアロー》』！」

「『氷雪の槍《アイスランス》』！」

いくつもの魔法を放った。

魔力を纏った礫弾《れきだん》や氷の槍が、ブランティスを高速で追い抜いて迷宮主へと迫っていく。

「！」

だが彼の周囲に突如として現れた石の壁がそれらを防いでしまう。派手な音とともに魔法は飛び散った。壁もまた粉砕され、その場に消失する。

「怯《ひる》むな！　防壁は消えた！」

ブランティスは吠《ほ》える。

オオッ、という兵士たちの声――が、心なしか少ない気がする。

「どうした！　ここからが腕の見せ所……」

振り返り、叫んだブランティスは気がついた。

ボゥ、と地面が光ったと思うと兵士の一人がスケルトンに変わった。

「うわあ――」

と叫んだ兵士もまたスケルトンに変わった。

一歩、また一歩進むたびに一人ずつスケルトンに変わっていく。

「た、た、隊長、これは……」

そう言っていた側近もまたスケルトンに変わった。

いつしかブランティスの兵士たちは全員スケルトンに変わっていたのだ。

カタカタと歯を鳴らすだけのスケルトンに。

「え……？」

まだ、迷宮主とおぼしき影までの距離は三〇メートルはある。ブランティスは立ち止まっていた。さっきの兵士たちと同じ位置にスケルトンたちが立っている。

立ち尽くしたまま、ブランティスを見つめている。

「なにを、なにをしたんだ……？」

先程までの勇猛果敢な姿はどこへやら、ブランティスはひたすら戸惑っていた。

これからだ。これから迷宮主と戦うのだ。あふれでるスケルトンをばっさばっさと薙ぎ倒すのだ。

そう――思っていたのに。

周囲には静寂が満ちていた。

『ククク……ハハハハハッ‼』

空間内に声がこだまする。スケルトンたちの光なき目が自分を見つめている。

『アハハハハハ、ハハハハハハハハハハハ‼』

カタカタ。

戦うどころではない。こんなの勝負ですらない。気づけば部下が全員スケルトンに変えられていたのだから。

迷子になった子どものような、怯えきった顔を迷宮主に向けるブランティス。

「これは……悪い夢か……？」

『悪い夢？　ククク ッ、夢と来たか。そうかもしれぬな、ダンジョンに迷い込んだ人間など、夢を見ているだけにすぎぬ』

「俺の、俺の部下になにをした……？」

『見てのとおり白骨にした。気に入ってくれたか？』

「ふざけるなぁぁぁあああああ！」

ブランティスは剣を握りしめて走り出した。そこにあるのは勇気や義憤や使命感なんてものでもなんでもない、ただの自棄《やけ》だった。

「ごぶっ」

そんな彼の目の前に石壁が現れ、もろに激突した。跳ね返されて尻餅をついたブランティスは溶けるように石壁が消えるのを見た。

その向こう一〇メートルほどのところに迷宮主がいる。

相変わらず、淡い光に照らされて。

この距離まで近づいて初めて見える——顔の一部が。アゴだ。光のせいか青白いが、人のように見える。

「悪い夢だったことにしてやろうか？」

その距離になって、話しかけてきた迷宮主は確かに人の声だった。さっきまでとは違う肉声だ。

「な……なんだと……？」

腕っ節だけで兵士隊の隊長になったというプライドも、ここまでうまくやってきたという自信も、木っ端微塵《こっぱみじん》になったブランティスではあったが、それでもまともに会話ができているのはブランティスはブランティスでやはり強者であるということだろう。

「この俺はお前の部下をスケルトンにすることも、元に戻すこともできるというわけだ」

「ッ⁉」

「その代わり、お前の雇い主についてわかっている情報をすべて吐け」

「…………」

ブランティスは黙り込んだ。すると、迷宮主はハーッとため息を吐いた。

「……くだらん男だ。どうやらこの期に及んで取引をしようとしている」

「ち、違う、お前が約束を守るかどうかがわからなくて――」

パチン、と迷宮主は指を鳴らした。すると、

『く、暗い。暗い、ここはどこだ⁉』

『隊長！　どこっすか、隊長！』

『あああ、チクショウ！　バカ隊長の口車にのったせいでこんな目に遭うなんて！』

最後のは側近の声だったが、明らかに、部下たちの声が響いてきた。

パチン、ともう一度指を鳴らすと声は聞こえなくなった。

「わかるか？　お前の部下たちの魂は俺の手のうちだ。これを消すのも、戻すのも、お前の態度次第ということになる。お前がしゃべらなければそれでいい。お前も含め、全員の魂を消し去って終わりだ」

「お、俺たちが戻らなければ、ゴンズイオ男爵が黙っていないぞ！」

「ゴンズイオ男爵？　それがお前の雇い主か」

ブランティスはゆっくりとうなずき、

「俺たちがここにいることは冒険者ギルドだって知っている。これだけの人間が失踪すればすぐにも調査の手が伸びることだろう」

「ほう？　それならば片っ端からスケルトンに変えねばならんな」

「⁉」

ブランティスはぎょっとした。確かに、この迷宮主ならばそれくらい朝飯前だろう。

被害は拡大する。やがて、国軍を投入するほどの規模にならないと……それこそ星級冒険者や、騎士団長クラスがやってこないとこの迷宮主を倒せないのではないかという気がする。

それまでにいったい何人がスケルトンになってしまうのか。

数百……いや、数千どころか数万……？

「わ、わかった。仲間を元に戻してくれるならなんでも話す！」

リューンフォートだけではない、これは国の危機かもしれないと思ったブランティスはとっさに叫ぶ。

「そうか、それならば良い。あと一つ言っておくが……お前は殺す」

「…………」

そうなるかもしれないと思っていた。

迷宮主からすれば、必要なのは自分を狙う人間の情報だ。そしてそれを吐かせる能力があることを知っているブランティスを生かして帰す意味がない。むしろ、国の危機とまで察知したのは迷宮主があれこれしゃべったせいだ。殺すつもりだったのだと思えば、しゃべった理由も理解できる。

「……わかった」

ブランティスはうなずいた。

もう、覚悟はできた。

自分一人の命で部下たちが助かるならそれもまたいいと思ったのだ。

「ほう？　みっともなく命乞いをすれば、お前だけを解放するという選択肢もあったのだぞ」

「…………」

ちらりと振り返ると、そこにはカタカタと歯を鳴らす五十体ほどのスケルトンがいる。彼らが、自分を見ている。

「……これでも、部下の前なのでね。カッコくらいつけたい」

「…………」

するると、

「ふん」

迷宮主は想定外の行動に出た。ぽいっ、となにかを投げて寄越したのだ。それはコツンと床に当たるところころと転がってブランティスのちょっと手前で倒れて止まった。

輪っか状のそれは、腕輪のようだった。

「なんだ……これは？」

「つけてみろ」

「…………」

得体の知れない相手から渡された腕輪なんてろくなものではないが、もとより選択肢などブランティスにはない。イヤだなと思いながら手に取ってみるとずっしりと重い。細身だが銀の装飾が美しいそれを腕につけてみるが、なにも起きない。

「そこに魔力を通せば、このダンジョンの付近に転移魔法で移動することができる。緊急時に使え。そんな能力しかない」

「は……？」

意味がわからない。俺は今から殺されるのではないのか？

すると迷宮主は、

「気が変わった。お前は生かしておいてやる」

「な……」

「お前が我がダンジョンに侵入してきた目的はすでにわかっている。奴隷の魔族を解放するためだろう？」

「⁉」

「我がダンジョンの客人である魔族の女が言っていた」

あの魔族の女は、やはり迷宮主と知り合いだったのか。

「お前らが奴隷にしていた魔族の少年はすでに解放し、ずっと東へと向かっている。そして俺と、魔族の女も、近日中に東へと向かう」

「そ、そうだったのか……東になにがあるんだ」

「知らんのか？『魔族の祝宴《ヴァルブルギス》』だ」

「な、なんだそれは⁉」

「魔族や、人語を解する高位モンスターが集まる祝宴だ。その腕輪を持っている者ならば祝宴に入る資格があると見なされる」

「この腕輪はそれほどに貴重なものなのか……？」

ゆっくりと、迷宮主はうなずいた。

「奴隷の魔族の情報が欲しくば、東を目指せ。ホークヒルは稼働させておくが、こちらのダンジョン自体は封鎖する……ではな」

そうしてブランティスに背中を向ける。

「ま、待ってくれ、なぜ俺を生かすことにしたんだ⁉　東に行かせて、どうするつもりだ⁉　俺はゴンズイオ男爵に全部話すかもしれんぞ！」

すると迷宮主は肩を震わせて笑う。

歩いていくとやがてその姿はかき消えた。

『――好きにしろ。俺はお前が気に入った』

唖然《あぜん》とするブランティスだったが、彼の視界も変わっていた。

「！」

そこもまたダンジョンだった。だが、さっきの広間よりずっと狭い。背後には魔法によって崩された壁があり、ブランティスたちが最初に入った部屋だということがわかる。

「――あ、あれ？　見える、目が見える！」

声が聞こえた。

「おい……おい！　お前ら⁉　無事だったのか⁉」

「隊長がいる！」

気づけば周囲に兵士たちが出現していた。

スケルトンではない、生身の部下だった。

彼らは一様に、真っ暗だった場所に閉じ込められ、なにがなんだかわからなかったと発言した。そして気づけばここに戻っていた。

「――――」

ブランティスは悟る。

お前たちはスケルトンにされ、魂を抜かれていたのだ。

俺は迷宮主と対峙《たいじ》したのだ。

いろいろと言いたいことはあったが――ブランティスが感じていたのは、ただ悪夢を見ていたような感覚だった。

部屋の隅に空いていたはずの階段の入口は、完璧に塞がっていた。そんな階段など最初からなかったかのように。

――悪い夢だったことにしてやろうか？

タチの悪い冗談だ、とブランティスは思う。

夢であるはずがない。

ブランティスの腕には、銀色の腕輪が光っていたのだから。

＊迷宮主＊

兵士たちがぞろぞろと迷宮から出て行く。そしてリューンフォートの街へと撤退していく――俺はそれを監視窓から見下ろしていた。

「ボス、帰っていきますよ！　いやはや、見事でしたね。部下を一人ずつスケルトンと入れ替え、真っ暗な部屋に閉じ込める。気持ちを不安にさせたところで、部下の命と引き替えに取引を持ちかける。いやーほんとにすごい。ここまで性格の悪い迷宮主はそうそういませんよ！」

笑っているリオネルの横で、俺は、お前それは褒めてねーだろとかいろいろ言いたいことはあったのだが、

「ふうううう……」

その場にへたり込んでしまった。

危なかった。マジで。作戦は今、リオネルが言ったとおりだ。これをとっさに思いついたからよかったようなものの、思いつかなかったら力尽くで全員排除する、みたいなことしかできなかっただろう。それはあまりにも悪手。力で押さえつければ、反発される。反発されるとホークヒルが敵と見なされ、大々的に攻撃を受けることになる。

だからうまいこと脅すか、懐柔するかしかなかった。

懐柔するには敵の情報がなさすぎた。だから脅す方法を選んだ。

にしても、一か八かすぎた。あの大空間をとりあえず前に造っていたこともラッキーだったし、地面に埋め込んだトラップだって天井からスケルトンたちがのぞきこんで一人ずつ起動させてった。隊長みたいなのを最後に残さなきゃいけないから片っ端からやったらダメだったしな。

スケルトンたちに細かく指示していたのはリオネルだから、こいつはこいつでやっぱり統率能力高いんだよな。

「ボス……ミリアさんを差し出すということは考えなかったんですか?」

俺がヘロヘロだったせいか、リオネルが聞いてくる。

「ねーよ。ないない」

あのミリアの記憶……あらゆる自由を奪われていたミリアの記憶をのぞいてしまって、「このダンジョンでは自由にさせてやる」と思った俺だ。そんな小さい覚悟であっても、おろそかにしたらきっとぐだぐだになるような……そんな気がしてた。

「そうですか。ならなにも言いません」

なぜだか俺は、この無表情白骨男のリオネルが笑っているように見えた。

「それにしても傑作でしたね! なんですか『魔族の祝宴《ヴァルプルギス》』って。初めて聞きましたよ!」

笑ってたのはそっちかよ。俺だって初耳だわ。

よくもまぁ、すらすらデタラメが出てきたもんだよ。これは前世でクライアントにデザインの問題を突っ込まれたときに適当な言い訳をこいてきた経験が生きたな……。

もともと隊長を殺すつもりはなかったし、人殺しなんて絶対やりたくなかったから、なんのかの理由をつけたかっただけなんだよ。

もし隊長が命乞いをしたらそれはそれで良かったし、自己犠牲を受け入れるなら感動したフリをしてやればよかった。あとは、隊長がゴンズイオとかいう男爵に全部話せばそれでいい。

魔族奴隷のミリアは東に行った（確定的な情報）。

腕輪を持っていればミリアを捜すことができる（奴隷の入手手段と希望）。

そして迷宮主はもうここにいない（俺の安全確保）――この三点セットを貴族に伝えることが最も重要なのだ。

疑われても構わないが、明日には崩された壁面付近は全部元どおりに戻しておくし、そうなれば貴族は東を探索するしかないだろう。そもそもここから東ってなにがあるのか知らんけどね？

あの腕輪には転移魔法トラップをつけておいたけど、めっちゃ距離が離れたらたぶん発動しないんじゃないかな……。腕輪のデザインは、前世で担当したことがあるジュエリーブランドから拝借した。大体似ているはず。

「とりあえず……一難去ったな」

疲れた。向いてないんだよ、悪役ムーブ。俺には小者ムーブが精一杯だ……「それは素だろ」

というツッコミは受け付けない。

と、そのときだった。

「ユウ‼」

監視部屋に飛び込んで来たのはミリアだった。はぁはぁと肩で息をして、汗が噴き出している。そりゃそうだ、ここに至るには階段や通路を走り回らなきゃいけない。この監視部屋もバレているる可能性があったので転移魔法トラップは切っていたしな。移動するには疲れ知らずのスケルトンたちのようにひたすらがんばるか、迷宮魔法「高速移動《ファストムーブ》」を使うしかない。俺はもちろん魔法で解決した。

でもミリアは自分の足で走ってきたということになる。

なんで？

ミリアはふだんから運動なんか全然しなかった。それでポテトやら骨付き肉やら食ってるんだから、若い今はいいけど俺くらいの年齢になったらぶくぶくに太るぞって思ってたくらいだ。

ますますなんで――ミリアは走ってきたんだ？

こんなところまで。

汗をかいて、息もぜーぜーさせて、ちょっとふらついてるくらいだ。

「ユウ……」

歩き出そうとしたその足がもつれている。

「お、おい、ミリア」

俺は駆け寄って転びそうになったミリアの腕をがっしりとつかんだ。するとミリアも俺の腕にしがみつく。

「大丈夫かよ。いきなり全力ダッシュなんかするからだぞ」

「……なんでだ」

「あん？」

「なんでだよ……アタシなんかなんの役にも立ってないだろ。スケルトン一体のほうがよほどこのダンジョンのためになってる」

おい、スケルトンをバカにするなよ。アイツらは疲れ知らずで寝る必要すらないから延々働けるんだぞ。結構スケルトンには感謝してるんだ、俺。

「今さらなんだよ。そんなこと百も承知だよ」

「じゃあ、なんでアタシを放り出さなかったんだよ……さっきの兵士たちの目的はアタシなんだろ。しかも、アタシのミスでここが調べられることになったんだ……」

「わかってるじゃねーか」

「わかってるよ！　それこそ百も承知だよ！　アタシがバカで、のろまで、役立たずだってことはさあ……！」

俺はびっくりした。ミリアが泣いているのだ。顔を涙でべしょべしょにして。

なんなんだ。自分のミスで泣いてるのか？　そんな殊勝なヤツだったっけ……。

俺はなんて言っていいかわからなかった。だけど、とりあえず思いついた言葉を口にした。

「わかってるなら、反省しろよ」

「……え？」

「反省して、次に活かしたらいい。お前はまだ子どもなんだよ。だからいっぱい失敗していいんだよ。失敗から学べよ」

「………………」

ミリアは、額をごつんと俺の胸に当てた。顔は見えなくなったが、そんなことより結構な衝撃で俺の胸板が痛い。

「……次だってまた失敗するかも」

「それじゃまた学べよ」

「その次だってまた……」

「いいよいいよ。何度だって失敗しろ。それが許されるのが子どもの特権だろ」

「……アタシ、まだここにいていいの？」

ああ、なるほど――。

ミリアは不安だったのか。俺がいつかミリアを放り出すんじゃないかって。

こういうのって難しいよな。「ズッ友だよ♡」って言ったって絶交するヤツはいるし、「労働基準法完備だよ♡」って言ったってクビにしてくるヤツだっている。前職の同僚が「自主退職」と書いて「クビ」と読ませるひどい目に遭っていた。ほんとそういうとこだよ、ブラック企業はさあ！

「……きっとな、俺がなんと言ったってお前は不安になると思うんだわ」

「…………」

「だからまぁ、態度で示すしかないだろ」

「態度って……？」

ミリアの鼻声。

「好きなだけいろよこのダンジョンに」

「……いいの？」

「いいよ。乗りかかった船だ」

こいつの食費くらいは余裕で稼げるしな。

「……アタシ、いっぱいご飯食べるよ。クリフドラゴンのステーキだって三人前食べるよ」

前言撤回。あのクソ高そうなステーキ三人前も食ってるの？　お前、それ、ルーカスが負担してくれてるんじゃねーだろうな？

「まあ、食いすぎは身体に悪いからほどほどに――」

「いいのね」

「!?」

次の瞬間、俺はミリアにぎゅううと抱きつかれた。彼女のこめかみの巻き角が俺のこめかみに当たってちょっと痛い。控えめながらちゃんと主張のある柔らかな胸が押しつけられる。

おい。

おいおい。

おいおいおい！

それはちょっと刺激が強すぎるんだがあ⁉

待て、落ち着け俺、こいつはミリアだぞ⁉　あのガサツで食っちゃ寝しているミリアだぞ⁉　収まれ。収まれ息子よ。こんなのを相手に興奮してスタンドアップしようとするんじゃない！

「へへ、驚いた？」

驚いたに決まってんだろ！　いい加減放せよ！

「……別に」

だけど俺は強がってそう言った。

「そっか。やっぱアタシが練習してたの知ってたのか」

練習？　なんの？　ま、まさか……男と寝る練習とかそういうんじゃないだろうな？　っておい、リオネル！　なにお前、したり顔でこの部屋から出て行こうとしてんだよ！　ウンウンってうなずきながら出て行くなよ！　俺とミリアの二人きりにすんなよ！

「記憶が垂れ流しにならないよう、力を押さえ込んだんだ」

「ああ、そうだな。記憶が――って。あれ⁉　俺、お前を触ってるのに記憶がダダ漏れにならない⁉」

え、どうして⁉

「？　だからそう言ったじゃん」

あ……はい。

練習ってそれか。勝手に記憶がぶちまけられないようにするっていう。

「……練習でどうにかなるのか？」

「ま、アタシは『記憶の悪魔』の一族だからね。それくらいはできるよ」

「なるほど」

まったく理解できないけど、とりあえずどいてくれる？　俺の息子がズボンを押し上げて苦しそうなんだ……。

ミリアといえど、女の子のニオイがするんだもん！　離れてよお！

「……やっぱこれくらいじゃ、ユウは動揺しないか」

すると、がばりとミリアが離れた――顔はさっきの涙で濡れてたが、今は清々しい笑顔だった。

「へへ。これでも身体は大人になったからさ、なんの取り柄もないアタシだけど、身体で返すくらいはできるんじゃないかなって思ったんだ……でもユウには通じないか」

めっちゃ通じてましたけども。

だけど――まあ、なんつうか、ミリアが不安がってるのはわかったから。

コイツなりに考えて「女の武器」みたいなのを使おうとしたのかもしれん。それで居場所を作ろうと。

かわいそうなのは抜けないのよ。

……俺のズボンが苦しいのは肉体の正常な反応だから。そこはノータッチでお願いします。

「黙って甘えてろよ。それが子どもの特権だってさっき言ったろ」

「う～」

ミリアのくせにふくれっつらしてるのがちょっとかわいい。ワルガキっぽかったミリアがだんだん女の子になっていく。

「……腹減ったな。飯でも食うか」

「うん！　――あ、でもアタシさっき食べたんだった。ま、いっか。ここまで走ったら疲れてお腹空いてきたし」

若いってすごいな。

それから俺はミリアとともにルーカスのレストランに向かったのだった。そこでルーカスとも話して、ミリアが外の人間にバレないような造りにしようと相談したりなんかして。

その間ずっと、俺の隣にぴったりと座っているミリアが、なんだか変な感じだった。お前、そういうキャラじゃなかったじゃん……。やめてよ。俺の心を弄ばないでよ！

エピローグ

＊エルフ＊

　赤い髪の少女はいつものようにその洞窟へとやってきた。垂れ下がるツタをかき分けて。

　そこは不思議な場所だった。ツタに遮られているから、というわけでもなかろうに、気温がいつも一定なのだ。そして、洞窟だというのに乾いている。

　最初は熊の寝床かもしれないと思ったけれど、なかには食べかすもフンも残っていないのでそれはないだろうと結論した。野生動物に関して、彼女が間違えることは万に一つもなかった。森に生き、森とともに育つエルフの彼女にとっては。

　いつものようにそこで弓と矢筒をおろし、上着を脱いで、手ぬぐいで身体を拭く。汗をかいた後は特に気持ちがいい。

「…………」

たまに誰かの視線のようなものを感じたのだけれど、今日はなかった。

まあ、その視線なんてのもただの気のせいかもしれないのだけれど。

――チチチ。

とそこへ、鳥の鳴く声が聞こえてきた。

「おいで。こっちだよ」

――チチチ。

声を掛けても鳴き声が帰ってくるだけ。

いつもならば、ツタに隠れていようとかき分けてやってくるのにな――と思いながら、少女は立ち上がる。

ツタをかき分けて外へと出ると、秋の深まった山中が広がっている。

そこにいたのは青い小鳥だった。

「どうしたの？」

――ヂッ。

なんだかイヤそうに鳴くし、つぶらな瞳も険しくなっているような気がして、面白くて彼女は笑った。

「伝言はなぁに？」

ぱたぱたと飛んだ小鳥は、差し伸べられた少女の指に止まった。

『――リンダ？　もう、どこをほっつき歩いてるのよ！　約束したじゃない、アタシとお出かけしよって。すぐに戻ってきて！』

青い小鳥から肉声が響いてきた。

声が終わると同時に、青い小鳥は煙のように消えてしまった。

「あ……もうそんな日だったっけ」

うーん、と少女は伸びをする。シャツの裾が短いので、彼女の白いお腹があらわになる――引き締まったお腹が。

「それじゃ、一度村に戻ろうかな……でも、街にお出かけなんて面倒だな」

ぶつぶつ言いながら洞窟に戻り、上着を羽織り直し、弓と矢筒を背負う。

「でも約束だから行かなきゃか……。なんだっけあの街の名前」

洞窟から出ると、木々の切れ間から薄い色の秋空が見えた。

「ああ、そうだった。リューンフォートだ――」

少女は、山の道なき道を歩いて行く。

これから向かうリューンフォートの街で、想像もしなかった出会いがあることも知らずに。

＊迷宮主＊

俺はルーカスの経営するレストランの奥の部屋で考えていた。

ホークヒルは絶賛稼働しており、冒険者や商人といった客足も途切れていない。稀に、乗合馬車から降りてきた一般市民も何事かと遊びにきたりしているけれど、基本は冒険者と商人を相手の商売となっている。

あんまり長く考えていたせいで、お茶はとっくに冷めてしまっている。

「…………」

俺が考え込んでいると、ミリアが、

「……なーにそんな真面目くさった顔してんの？」

「いや、順調に儲《もう》かってるなって思って」

「順調ならいいじゃん。それよりさ、ユウ、なんかして遊ぼうよ」

「いや、考えることがあるから」

「順調なんじゃないの？」

「順調だけど、客足がちょっとずつ落ちてきてるしなぁ……っていうか、そんなことよりミリア」

「ん？」

「……降りろよ」

実はミリアだが、俺の膝に乗っている。横座りで、俺の首に腕を回している。

ふつうに重いし邪魔。あとなんかこう……柔らかくていいニオイがしてな……。

「いーじゃん。だって、子どもは甘えるのが特権なんだろ～？」

「そうは言ったけど、お前重いんだよ」

「は⁉　アタシが太ってるとか言いたいの⁉」

「お前の見た目と身長考えたら俺の膝に乗らんだろ……」

「つまり～、それってアタシを女だと認めてるってこと？」

「なんでそうなる……」

けらけらとミリアは笑っているが、最近ずっとこうだ。ずっと俺にべったりしてくるし、距離を詰めてくる。

「──先生、今、よろしいでしょうか？」

とそこへルーカスが入ってくると──ひゅんっ、とすさまじい速度でミリアが俺からどいて隣のイスに座った。どうやら子どもっぽい仕草は他の人に見られたくないらしい。

「あ、ああ……どうした？」

「実は最近、客足が少々遠のいておりまして。それでなんらか、街で宣伝することを考えております」

「さすがだな、ルーカス。俺も来場数の減少は考えていた」

「おお、先生も」

「ア、アタシも考えていたけどね。お客少ないなーって！」

適当言うなよ。来場数の減少は全体で一〇パーセント程度だぞ。問題は減少傾向にあるってことなんだ。

まあ、ミリアに言っても意味がないので言わないが。

「では先生、なにか宣伝プランが」

ずずいと身を乗り出してくるルーカスに、

「いや、単純に宣伝するだけではなく初級第三ダンジョンを公開するタイミングを考えてる」

「⁉」

「え、あのワケわかんないダンジョンって第三まであるの⁉」

ワケわかんないとか言うな。ワシの初級ダンジョンは百八式まであるぞ。いや、さすがに百八はウソだ。

「な、なるほど。新ダンジョンの公開によって人々の話題を提供し、そのタイミングで宣伝を行うことで宣伝効果の最大化をお考えなのですね！　いったい初級ダンジョンはいくつまであるのでしょうか⁉　いえ、それをただ教わるだけでは芸がありませんね、私も考えます！」

いや別に考えなくていいから。迷宮魔法でなにができるかもルーカスは知らないのに。

「宣伝まではしなくてもとりあえずいいかなって思ってたけどな。初級第三ダンジョンがきちんと稼働するかどうかを検証しなきゃならんし。プロトタイプまで造っちゃったけど、一応概念実証《PoC》って感じだな」

「それはどういう意味合いでしょうか⁉」

やべ、変なこと言っちゃった。ルーカスがぐいぐい身を乗り出してくる。ミリアと言い、ルーカスと言い、異世界人って距離の詰め方バグってないか？

ちなみにＰｏＣ（Ｐｒｏｏｆ　ｏｆ　Ｃｏｎｃｅｐｔ）とは、仮説を検証するために小さく試す、みたいな意味合いだ。とりあえず小さくプロダクトを造ってリリースしてみて、ユーザーがこちらの想定どおりに動くか、他になにか発見はないかを確認する。これが上手くいけばプロトタイプを造るんだけど、俺は結構がっつりとプロトタイプまで造ってしまった――上手くいかなかったら無駄になるというのに、まぁまぁデカめのヤツを……。いや、これはしょうがないんだ。スケルトンたちが乗り気になっちゃってさぁ！

「ほう、なるほど。一見、もっともらしい仮説であっても、サービスを作り込む前に実地で検証するということですね」

「うん。小さく試すのはどんなビジネスでも大事だよな」

「勉強になります！」

そんなに大層な話じゃないと思うんだが……。

「では、先生の初級第三ダンジョンに備えて、従業員を増やしますね！」

「あのな、ルーカス。必ず成功するかわからんから小さく試すっつってんだろ」

「でも先生は成功してしまうのでしょう？」

ビッ、と親指を立ててルーカスは去っていった。

「え、えぇぇ……」

なんなのアイツ。無限の信頼が怖い！

「……ルーカスって、ユウを好きすぎだよな」

「……うん」

「で、でも甘えていいのはアタシだけだから！」

がばりと腕に抱きついてくるミリア。

こいつはこいつでなにを張り合ってるんだか。

「ちなみにさ、初級第三ダンジョンってどんなの？　ルーカスより先に教えてよ！」

「ルーカスはそもそも聞かなくていいって本人が言ったんだけど……まあ、隠しているわけでもないんだが」

それから俺はミリアに、初級第三ダンジョンについて話して聞かせた。

まずはコンセプト。

そしてどのようなダンジョンで、どのようなギミックがあって、どのような報酬が得られるのかを。

「…………」

最初はうんうんと聞いていたミリアは、やがて真顔になり、最後は頬が引きつっていた。

「……ユウ」

「ん？」

話し終わってからミリアは言った。

「非常識だよ‼」

やっぱり？

俺もちょっとだけ、非常識かもしれないと思っていた。

「だけどまぁ、公開するけどね」

「えええええええ⁉　大混乱しちゃうよ！　ダンジョンの考え方が変わっちゃうよ⁉」

そりゃそうだ。俺は、この世界にとっては異世界の考え方を持ち込んでるんだから。

まぁ、でもいいだろ。

誰の思惑か――もしかして神様？　――知らんけど、六本木のビルで吹き飛ばされた俺がこうしてこの異世界で、迷宮主になんてものになっちゃったんだから。

好きに生きていいってことだろ？

ダンジョンの既成概念なんて、俺が取っ払っちゃうよ〜。

そう、現代日本の知識でもってな！

「ユウが悪い人の顔してる〜……」

俺は初級第三ダンジョンを公開してやるという決意を新たに、さらに言うと中級ダンジョンや上級ダンジョンの構想も練り始めるのだった。

ダンジョンのＵＸは改善しがいがあるな！

あとがき

物語はすべてユーザー体験（ＵＸ）だと私は思います。主人公を通じての、という但し書きがつきますが。

たとえば異世界転生モノであれば、まず主人公は幼少期に様々な「現代日本との違い」を体験します。クラス召喚モノであれば、まずステータスや職業を得られる体験をします。この体験の設計が小説の醍醐味であり、読者にとっての面白さとなります。

本作の主人公であるユウは、体験設計をしたことがある経験をもとに、ダンジョンを訪れる冒険者たちに「現代日本らしい」体験をぶつけます。転生した主人公が「違い」を体験することの逆ですね。これまでの異世界転生モノではマヨネーズやおかしといった食事文化での「違い」を異世界現地人に提供する作品が多かったですが、本作では主人公が迷宮魔法を使えるという特性上、遊園地のアトラクション的な体験を提供します。

「ジェットコースターって楽しいね！」だけでは終わらない、「そもそも遊園地（ダンジョン）とは」をじっくり考え、今日も主人公は迷宮魔法を使います。

皆さんが同じ立場だったら、どんなダンジョンを造りますか？

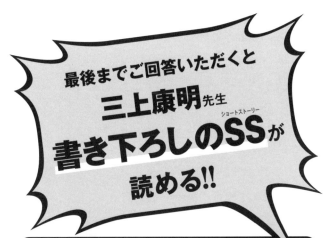

［ブシロードノベル］

ダンジョンのUX、改善します！ 1

2025年3月7日　初版発行

著　者　三上康明
イラスト　ひと和
発行者　新福恭平
発行所　株式会社ブシロードワークス
〒164-0011　東京都中野区中央1-38-1 住友中野坂上ビル6階
https://bushiroad-works.com/contact/
（ブシロードワークスお問い合わせ）
発売元　株式会社KADOKAWA
〒102-8177　東京都千代田区富士見2-13-3
TEL：0570-002-008（ナビダイヤル）
印　刷　TOPPANクロレ株式会社
装　幀　まなべゆたか
初　出　本書は「小説家になろう」に掲載された『ダンジョンのUX、改善します』を元に、改稿・改題したものです。
担当編集　飯島周良

ISBN 978-4-04-899760-7 C0093